VIBRATO

Direction des publications : Stéphanie Baronchelli, Jérôme Bernez-Binder
Suivi éditorial : Anouck Philippon
Correction : Maud Bataille

Conception graphique : Tiphaine Rautureau
Illustration de couverture : Lena Sayaphoum

WWW.GULFSTREAM.FR

ISBN : 978-2-38349-128-6
ISSN : 2648-1928

Loi 49-956 du 16 juillet 1949 sur les publications destinées à la jeunesse

Gulf stream éditeur

Bertrand
PUARD

VIBRATO

ÉC//OS

Le monde est plein de voix qui perdirent visage
Et tournent nuit et jour pour en demander un

Jules Supervielle,
Les Amis inconnus, 1934

♫

PISTE 1

Comme un boomerang

(instrumental)

Tout autour cette maudite campagne silencieuse. De l'herbe, des arbres, une odeur d'humus, de mousse, de champignon, qui accentue ma nausée.

Mon corps me semble glacé. J'ai mal. Je souffre atrocement. J'ai l'impression que mon corps est comme déchiré en deux dans le sens vertical. À chacune de mes foulées, ma tête entre dans des volutes de ma propre fumée, de mes expirations brûlantes causées par la fièvre et l'effort. Mes semelles heurtent le bitume dans un staccato éprouvant.

Derrière moi, je sens sa présence. Je l'entends aussi. Une course plus déréglée encore que la mienne. Et puis ces maudits halètements, ces petits cris infâmes, écœurants, qui se terminent en gargouillis. Mon bourreau ne dit rien, ne m'appelle pas, a cessé toutes menaces. Tient-il encore son revolver à la main ? A-t-il toujours le bras tendu pour pointer le canon en direction de mon dos ? Là-bas, dans la maison, sa première balle m'a pulvérisé l'épaule droite. Où m'adressera-t-il la seconde ? Sera-t-elle fatale ? Et pourquoi pas…

Je sens bien que ma course ne rime à rien…

VIBRATO

Victime, antihéros,
Tu es à bout de course.
Et derrière ton bourreau
Ressent si bien ta frousse

Qui a déjà chanté ça ? Personne, personne… Trop plat, trop laid…

La route continue devant moi. Je reste fixé sur les pointillés de la bande de séparation. Sur ma gauche, une clôture. Je peux m'engager dans un champ pour éviter d'être à découvert.

Ma douleur à l'épaule s'accentue. J'ai l'impression qu'on vient de glisser une lame dans la plaie et qu'on la fait tourner doucement, très doucement, trop doucement, pour me mettre au supplice.

J'abandonne la route. Je vais trouver un bosquet pour m'y jeter et attendre *l'autre*. Dès qu'il passera, je me jetterai sur lui, nous tomberons, nous roulerons dans l'herbe givrée, et je lui écraserai plusieurs fois mon poing valide sur son visage. Jusqu'à ce qu'il lâche son arme, qu'il me supplie d'arrêter, ou bien même qu'il ne soit plus en mesure de me supplier parce qu'il aura sombré dans l'inconscience. Mettre mon bourreau hors d'état de m'achever puisque telle doit être son envie.

Ah, saleté de terre.

Je m'y enfonce. Ce n'est pas une prairie mais un marécage. J'ai l'impression d'en avoir jusqu'au genou et d'être obligé de me débattre pour avancer.

Je sors du large halo du dernier candélabre que j'ai croisé sur la route. Je rentre dans les ténèbres. Devant moi, des silhouettes noires semblent surgir, comme pour me montrer le chemin. Il y a là Louis, Jade, Lina et Titouan.

Mais quel est ce chemin ? Où me mènera-t-il ?

Derrière, j'entends comme un raclement de gorge qui ressemble à un éclat de rire, et puis je perçois un cri, mon nom ou bien est-ce plutôt une insulte qui y ressemble ?

Il y a un petit bois sur ma droite. Je pourrais m'y engouffrer et tenter de me cacher pour le surprendre. Je vais être obligé de m'arrêter car je n'ai plus aucun souffle. J'imagine mes poumons comme deux gros morceaux de charbon ardents pulsant dans ma poitrine, et menaçant d'enflammer ma carcasse tout entière.

Je n'ai jamais autant souffert de ma vie et je ne crois pas avoir jamais autant fait souffrir un de mes semblables de la sorte. Je ne mérite donc pas ce qui m'arrive.

Et pourtant…

Mon nom est Laurent Salin. Je suis le producteur et l'animateur de Vibrato.

J'ai l'habitude des écrans, des consoles, des régies. Dans ces lieux confinés où je suis à ma vraie place, il suffit d'appuyer sur un bouton et de pousser un levier pour changer de caméra, lancer un ralenti, incruster un texte à l'écran ou bien… revenir en arrière.

Une détonation éclate derrière moi. Je ne me jette pas à terre, de peur d'être incapable de me relever. La balle siffle quelque part sur ma droite, elle fait un son qui ressemble à l'éclatement de l'ampoule d'un projecteur, sur une scène, une sorte de « zouïf » très bref, mais qui vous fait irrémédiablement sursauter.

Mon bourreau a de nouveau tiré. Il veut m'achever. Ce sera donc lui ou moi.

VIBRATO

Qui reverra le jour ?

Et si, à cet instant précis, tandis que j'agonise, une divinité quelconque, impie fort probablement, me donnait l'opportunité d'ajuster le temps et de revenir quelques semaines en arrière dans ma vie ?

Mon existence conçue comme un grand show télévisé, mis en son, en lumière, orchestré et monté par votre serviteur, pour le plus grand plaisir de tous.

J'abaisserais le levier pour revenir dans le passé, oui.

Mais est-ce que je referais à l'identique tout ce qui m'a conduit ici, dans cette nature hostile, avec *l'autre* à mes trousses ? Est-ce que je reproduirais les mêmes événements jusqu'à cette issue que je n'espère en rien fatale ?

Inutile de réfléchir longtemps, de peser le pour et le contre, de s'intéresser précisément à la balance… En somme, de faire durer un faux suspense. Je suis encore vivant. Plus célèbre que jamais.

Je ne changerais rien à Vibrato.

La réponse est oui.

Définitivement oui.

Et maintenant, luttons.

♫

PISTE 2

Hier ou demain

La lumière des projecteurs lui brûlait les yeux. Un spot de cinq cents watts la suivait depuis son entrée sur la scène du studio. Elle s'efforçait de ne pas le regarder, mais on lui avait bien précisé de ne jamais, jamais, baisser la tête et regarder le sol. Une artiste ne fait pas cela, c'est un acte de défiance, une trahison envers son public qui l'acclame. Une artiste regarde droit devant, quoi qu'il arrive.

Lina rejoignit les autres candidats. Les applaudissements fusèrent de partout, devant, derrière, sur les côtés. La scène, au centre du studio, les plaçait dans une sorte d'arène. Elle s'arrêta à droite de Titouan, puis se souvint que ce n'était pas la place qu'on lui avait attribuée en coulisses. Les consignes de la production étaient strictes. Titouan, pourtant, lui sourit et elle serait bien restée là, Lina. Elle l'aime bien, ce grand jeune homme. Il est son candidat préféré. D'ailleurs, si elle devait gagner la première partie du show, ce soir, elle aimerait plus que tout que Titouan soit le second artiste désigné par le public.

Lina rendit son sourire à Titouan, quand une caméra capta alors la remontée de ses lèvres roses, ses incisives et ses canines, d'un blanc doucereux, ainsi que le gonflement de ses pommettes, si gracieuses. Le chauffeur de salle a saisi le gros plan et fait applaudir le public comme jamais. Des cris montèrent aux cieux « Lina ! Lina ! ».

— Quel accueil ! rugit Laurent Salin.

Il décolla le haut du micro qu'il plaçait toujours contre son menton pour parler, et se gratta la peau à cet endroit. L'absence totale de poils sous ses lèvres avait une fâcheuse tendance à le déstabiliser. Depuis cet été, il s'était laissé pousser un court bouc blond, sur les conseils d'Anastasia, sa nouvelle compagne. Ils avaient fait connaissance à Ramatuelle ce même été, chez une connaissance commune – un chanteur en vue –, et ils étaient immédiatement tombés amoureux. Enfin, Salin était tombé amoureux. Pour ce qui était d'Anastasia, elle attendait encore un peu, question d'habitude. Mais le bouc, s'il plaisait à la jeune Estonienne, avait été recalé par Isabelle Pélissier, la coproductrice de Vibrato, et surtout par José, l'ingénieur du son en chef. Puisque Laurent avait l'habitude – plutôt bien vue par ses fans – de poser le haut de son micro contre son menton, avec le bouc, cela faisait à présent un désagréable *froutch-froutch* qu'il était difficile d'atténuer. Exit le bouc. Dans sa vie, Salin avait été la victime de sacrifices plus grands encore. Assis sur la chaise de son barbier, cela l'avait fait relativiser. Il n'en demeurait pas moins qu'un tic, fort désagréable, était né : celui de se caresser le menton, entre deux harangues.

— Quel accueil ! répéta-t-il, en tendant la main à Lina.

La jeune fille saisit sa main de sorte que l'animateur put la placer entre Jonas et Wendy, deux autres candidats qu'elle détestait avec la même intensité qu'elle appréciait Titouan.

— Bienvenue, petit Papillon de nuit… ajouta Salin, en accompagnant sa tirade d'un clin d'œil qu'il espérait bien convertir en gros plan.

Lina laissa son sourire s'épanouir sur son visage. Pourtant, elle détestait ce surnom que lui avait donné Salin dès la seconde émission. « Papillon de nuit ». « Parce que notre Lina, avait cru bon de préciser l'animateur, est franchement attirée par la lumière ».

Connaissait-il, au moins, la raison de l'attirance des papillons et des autres insectes pour les ampoules, et toutes les lumières artificielles ? Ils confondent cette lueur avec celle de la lune qui leur est essentielle afin de pouvoir se repérer et se diriger. Des milliers d'années d'évolution ont formé les papillons à se diriger à la lueur de cet astre. On appelle cela l'orientation transversale. On pouvait en déduire que l'attirance pour les spots et les néons étaient une erreur. Pour l'insecte, comme pour l'homme.

Mais, à cela, la candidate ne répondait jamais rien, même si elle pensait très fort et énonçait avec rage son mépris pour ce surnom que Salin croyait spirituel.

— Bienvenue à nos artistes, lança Laurent Salin, face caméra. Et, évidemment, bienvenue à vous, ici et à la maison, confortablement assis sur votre canapé, ou même allongés paisiblement sur votre lit… Vibrato… C'est maintenant !

Debout devant les claviers pour le générique ! À fond les cuivres ! Jouez saxos, résonnez trompettes ! Une portée musicale se constitue à l'écran, blanche sur fond rouge, puis des notes y apparaissent, le tout défile… Les notes se transforment en lettres puis forment les mentions légales, le nom des producteurs, de l'animateur, du réalisateur et de l'inventeur de ce télécrochet révolutionnaire, comme disent encore les plus de soixante ans.

Puis les lignes de la portée musicale se délitent, se tordent, se croisent pour constituer des cordes vocales, un larynx, un cou, un visage aux traits jeunes et de genre indéterminé. La bouche s'ouvre, un cri en sort :

« Vibraaaaaa….to ! »

On était un vendredi de la fin août. C'était la finale de la première phase de Vibrato. Ils étaient vingt-huit candidats au début de l'aventure, parité exacte, quatorze filles, quatorze garçons. Ils ne sont plus que sept. Durant tout l'été, ils se sont affrontés en chansons, en rythme, en relevant des défis vocaux et chorégraphiques. Dans un peu plus de deux heures, à la fin de cette soirée, ils ne seront plus que deux. Une fille et un garçon, là encore. Les deux vainqueurs auront le droit de continuer leur chemin, coachés, vingt-quatre heures sur vingt-quatre, sept jours sur sept, par deux grandes stars de la chanson française. Et ce n'est que vers le début du mois d'octobre seulement qu'on connaîtrait le vainqueur de la dixième saison de Vibrato. Celui ou celle qui remporterait la garantie de signer dans une prestigieuse maison d'édition musicale, d'enregistrer un album entier sous l'égide d'un producteur confirmé, puis de partir sur les routes pour assurer les premières parties d'artistes reconnus dans les salles de concert les plus illustres de France. « Un début de carrière clés en main », voilà ce qu'offrait Vibrato à son talent victorieux, voilà l'expression qu'aimait à utiliser Laurent Salin, fan de belles cylindrées, pour mettre « l'eau à la bouche » – une autre de ses formules – aux candidats qui n'en avaient pourtant pas si besoin que cela.

Laurent Salin demanda aux candidats d'aller s'asseoir sur les petites estrades prévues à cet effet et qui se situaient derrière lui, face aux caméras, de part et d'autre d'une grande enseigne verticale où s'illuminaient les sept lettres du titre de l'émission.

— À partir de maintenant, dit-il, vous voilà face à votre destin… Je vous rappelle que, ce soir, ce sont les téléspectateurs, et les téléspectateurs seulement, qui vont voter pour qualifier deux d'entre vous pour la seconde partie de Vibrato… Vous êtes donc, tels de vrais artistes, seuls face à votre public… Êtes-vous prêts pour débuter la soirée la plus déterminante de votre vie ?

Sans même attendre une réponse, un jingle pulsa des dizaines d'enceintes réparties tout autour du studio. Le public – deux cents fans environ – se mit à battre des mains comme jamais. Salin fit un petit pas de danse.

— Et c'est Lina qui va débuter ce soir ! Notre Papillon de nuit !

Les applaudissements redoublèrent tandis que la jeune candidate se leva pour reprendre place sur la scène. Elle allait ouvrir les hostilités… Pardon, la compétition. On diffusa un court sujet à propos de ses premières performances dans Vibrato.

— Lina, premier instant pour toi dans cette soirée, te voilà seule face au public, avant, un peu plus tard, de composer un duo avec un artiste cher à ton cœur. Mais nous n'en dirons pas plus, suspense oblige… Lina, quelle chanson as-tu choisi de nous interpréter ?

Puisqu'elle avait trouvé un endroit où la lumière des spots ne lui consumait pas la peau, la jeune fille ne répondit pas immédiatement. D'instinct, elle dodelina doucement de la tête. Sa peau métissée, maltée, prit la lumière et des reflets en vague se composèrent sur ses cheveux mi-courts, superbement bouclés.

À cet instant, elle semblait se satisfaire de cette mise en éclat.

— Lina ? reprit Salin, qui, s'il perdait parfois le nord, n'oubliait jamais le fil conducteur et le minutage précis de son émission.

— *L'Aigle noir*, annonça la jeune chanteuse. Je vais interpréter *L'Aigle noir.*

— Un monument de la chanson française ! s'enthousiasma Salin, tandis que le chauffeur de salle demandait au public d'applaudir un titre que plus de la moitié des présents ne connaissaient pas, même de nom.

— C'est un choix audacieux, Lina, et tu le sais, poursuivit l'animateur. Il te caractérise tant. Pourquoi ce choix ?

Elle aurait aimé lui répondre parce qu'il était audacieux et que cela la caractérisait tant mais elle sourit avant de dire :

— C'est un titre que je chantais souvent au foyer. Madame Rosa, qui m'accompagnait au piano, l'aimait tant…

Salin glissa son micro sous son aisselle gauche pour avoir les mains libres et se joindre aux applaudissements en hochant la tête, l'air triste. La mention de Lina était forte à propos. Rappeler, à cet instant, qu'elle était orpheline était une très bonne idée. Bien joué, gamine ! Pourtant, la chanteuse, qui comprit la fausse compassion de Salin, s'en voulut et, dans un réflexe, se pinça les lèvres.

— Elle nous regarde, Lina, enchaîna-t-il, tandis que les applaudissements redoublaient, je suis certain qu'elle nous regarde de là où elle est et qu'elle se dit que tu as parcouru un sacré bout de chemin depuis tes années au foyer…

Puis, sans transition, Laurent Salin se retira en marche arrière :

— Chers amis… Lina !

Durant leur petite discussion, des techniciens avaient fait rouler sur le sol un piano à queue qui serait le seul accompagnement de la chanteuse. Elle avait refusé, avec beaucoup de caractère, l'autre arrangement que lui avait proposé le directeur artistique de Vibrato, préférant ne garder que le seul piano… « Comme avant… Dans mes rêves d'enfants… »

Le pianiste, Gustav, vêtu d'un élégant costume noir, se tenait debout devant l'instrument. Il attendait que le public cesse ses gesticulations pour s'asseoir. Puis un regard de Lina pour compter jusqu'à trois et poser les premières notes de la mélodie composée par Barbara.

Lina cligna plusieurs fois des yeux. Elle y était. Et le trac venait d'apparaître. Elle se sentit soudainement comprimée, comme prise dans un terrible étau. Lina se mit à saliver de manière excessive, elle ressentit une vive brûlure à l'estomac. À ce moment précis, elle pensait « je ne vais pas être capable de chanter ». Et pourtant elle avait à peine dix secondes de répit.

L'ambivalence de l'entrée en scène. Elle en faisait les frais depuis le début de l'aventure Vibrato… Elle en avait parlé avec les autres candidats, avec Titouan surtout. Elle n'était certes pas la seule, mais l'intensité du trac était chez elle la plus élevée. Elle devait se concentrer. Elle était heureuse seulement quand elle chantait. Et là, elle s'apprêtait à chanter, justement. À oublier. Oublier tout le reste, tout ce cirque autour, les sons humains, les lumières, les regards qui se posaient sur elle, bienveillants ou pas, peu lui importait. Elle allait chanter. Un chanteur heureux, c'est un chanteur qui chante, comme un écrivain qui écrit, ou bien un boulanger qui pétrit. Le reste…

Lina ferma les yeux et baissa la tête. Des spots multicolores balayèrent la scène lorsqu'un jingle, une sorte de gros ronflement, gronda. Le plateau du grand studio 128 à Aubervilliers lui était dévolu. Vingt caméras, plus de cent spots, des dizaines de techniciens qui s'affairaient en tous sens, et, au bout des câbles qui couraient sur le sol, ces boas médiatiques impalpables, des millions de regards posés sur elle.

Faire fi de cela.

Lina ouvrit les yeux. Ce court moment dans l'obscurité l'avait rassérénée. Elle fixait toujours le sol et vit une volute de fumée blanche qui s'épaississait. On lui avait octroyé une mise en scène sobre, de la fumée sur le sol, des cimes vues du ciel sur le grand écran derrière elle ainsi que deux danseurs vêtus de noir dos à elle, qu'elle ne verrait pas.

Elle vit la fumée et se dit que, bientôt, cette fumée entrerait en elle, que cet air passerait par ses cordes vocales et que cela lui permettrait d'émettre un son, une note, un chant.

Elle allait chanter.

Lina se tourna vers Gustav. Le pianiste hocha la tête. Il se raidit comme s'il venait de prendre une décharge électrique, avant que son corps se détende tout à fait. Il posa les premières notes et il n'y eut plus que la voix. Sa voix.

Un beau jour ou peut-être une nuit
Près d'un lac je m'étais endormie

Lina devait encore contenir son vibrato, faire jouer ses harmoniques en toute douceur. L'émotion était palpable dans le public face à cette voix qui, très étrangement, possédait des intonations rocailleuses en bas et s'en débarrassait tout à fait lorsqu'elle montait en gamme. Cela faisait partie du charme fou de Lina, de cette signature vocale, qui, jusqu'à présent, avait conquis le public.

Dis l'oiseau, oh dis, emmène-moi
Retournons au pays d'autrefois

Derrière elle, tandis que les danseurs se prirent par la main pour ne plus jamais se lâcher, Titouan luttait contre la contraction intense de sa mâchoire. Oh qu'il adorait la voix de Lina… Et sur cette chanson… Ce « Oh dis, emmène-moi »… Cette façon de laisser traîner naturellement le « mène » et de fermer d'un coup avec le « moi »… Mais ce serait bientôt la fin. Titouan fixa le public, et remarqua la concentration de l'assemblée. Elle semblait comme hypnotisée.

Un beau jour, une nuit
Près d'un lac, endormie.

Gustav lâcha sa dernière note. Forte. Sur le *-mie*. Et ce fut tout. Dans la version originale, Barbara continuait jusqu'à ce que sa voix disparaisse au loin, en même temps que l'oiseau… Mais Lina avait choisi de terminer la chanson abruptement, pour prendre tout le monde à revers, par surprise. Après un instant de sidération, les candidats et le public se levèrent pour applaudir à tout rompre.

— Lina ! hurla Salin, qui arriva en crabe sur le plateau, visiblement ému. Notre Papillon de nuit et *L'Aigle noir* ! Je crois que ce n'est pas seulement Rosa que tu as dû émouvoir ce soir, Lina, mais aussi cette immense artiste qu'était Barbara… Et si les ondes ont bien voulu porter ton interprétation jusqu'au ciel, je peux t'assurer que tu as au moins fait deux heureux…

La jeune chanteuse avait écouté les paroles de Salin mais ne les avaient pas entendues en vérité. Elle était ailleurs. Elle était heureuse. Heureuse tout d'abord d'avoir réussi à chanter comme elle l'avait souhaité, en passant toutes ses notes, et puis, ensuite, d'être ainsi célébrée, félicitée par tous ces applaudissements. Elle se retourna vers Gustav pour le remercier d'un hochement de tête. Même le pianiste applaudissait, ainsi que les danseurs, ce qui était plutôt rare.

« Pour soutenir Lina, il vous suffit de composer le 10 10 sur votre téléphone et de faire le choix numéro 1 ou bien d'envoyer 1 au 36 14 ».

Elle avait passé le « Dis l'oiseau, oh dis, emmène-moi » sur le staccato au piano sans une imperfection dans la voix, en toute pureté, ce qu'elle était parvenue à faire une seule fois seulement pendant les répétitions… Elle avait épousé le rythme et les notes, en parfaite harmonie. « Lina, qui reviendra sur scène tout à l'heure pour chanter avec Boone, le rappeur, un titre de son répertoire que vous connaissez tous… Vibrato continue… » Et puis le moment « Être faiseur de pluie et faire des merveilles », la pause respectée après le *des*, la suspension courte de sa voix, avant de laisser tomber le *merveilles* comme une plume du sommet d'un gratte-ciel… Elle pouvait être fière d'elle et savoura alors, enfin, les applaudissements.

« Un SMS au 36 14, envoyez le 1 pour soutenir Lina ou bien composez le 10 10 sur votre téléphone… La première finale de Vibrato ne fait que commencer… Accrochez-vous… »

Lina alla se rasseoir près de ses camarades. Elle devait rester concentrée en prévision de son duo. Mais, avant cela, elle avait hâte d'entendre Titouan chanter.

Le jeune chanteur dut se montrer patient et attendre les performances de Jonas, Gwendy et Louis, agrémentées d'une salutaire coupure publicité durant laquelle les candidats eurent l'occasion de se désaltérer.

Jonas avait choisi un blues de John Lee Hooker, Gwendy un slam d'Abd al Malik dans une orchestration très étrange et Louis un titre que Céline Dion avait précédemment chanté sur un paquebot en train de couler.

Les trois interprètes s'étaient montrés à la hauteur de l'enjeu mais, pensa Titouan, il manquait pourtant cette émotion qu'imprimait la voix même de Lina, dès qu'elle entamait la première note.

— Titouan, c'est à toi ! lança Salin.

Le public l'acclama à égale mesure de l'accueil réservé à Lina. Inutile de le cacher plus longtemps : ces deux-là étaient les candidats préférés du public depuis la troisième semaine de l'aventure environ.

— Titouan, je suis certain que toute la Bretagne te regarde ce soir et qu'à Quimper et sa région, on est très impatients de t'entendre chanter ton premier titre…

— Un hommage aux marins, le coupa le jeune homme. *Dès que le vent soufflera*, de Renaud.

Les applaudissements grossirent aussitôt. Dans le public, une dizaine d'adolescentes brandissaient un long calicot portant le prénom du chanteur. Elles s'agitaient tant qu'elles en déchirèrent un pan entier. Salin lança la diffusion du sujet retraçant l'épopée de Titouan.

Lorsqu'ils revinrent en direct, l'animateur lui posa d'autres questions mais eut la présence d'esprit – certains diront le professionnalisme – de sentir que le jeune homme avait envie de chanter. Il se retira alors en demandant au public d'encourager le candidat.

Titouan prenait divinement la lumière, avec plus de facilité, de naturel que Lina. Sa boucle en argent, à l'oreille droite, brillait tel un diamant tandis que son début de barbe blonde luisait étrangement sur ses joues.

Il prit sa guitare sèche qui l'attendait sur un tréteau et commença à jouer. Au début du premier refrain, l'orchestre de l'émission commença sa participation, donnant un rythme fou à la chanson.

Moi la mer elle m'a pris
Au dépourvu, tant pis…

Titouan était à l'aise. En apparence, il ne subissait aucune forme de trac. Il aimait regarder cette caméra qui lui tournait autour, jouer avec elle. Rien ne le dérangeait, en vérité. Lorsqu'il doutait, il pensait à tous ses fans, ses supportrices et supporters qui l'encourageaient depuis les quatre coins de la France, et même du monde francophone, aimait-il à penser. Il se rassérénait aussitôt en spéculant sur le nombre d'abonnés supplémentaires que sa prestation allait lui rapporter. Entre le premier prime time et celui-ci, il en avait gagné deux cent soixante-dix mille.

Lina savait tout cela de Titouan. Il était un peu comme son âme opposée. Mais, quand même, qu'est-ce qu'il chantait bien ! Sa voix n'était pas aussi belle que celle de Lina, non, mais il avait un timbre particulier, un peu cassé, reconnaissable entre tous, et une énergie inouïe qui se communiquait à toutes et tous.

Il termina avec tous les membres du public et les candidats debout, sans exception, tandis qu'il arpentait la scène, les genoux fléchis, en grattant sa guitare avec furie.

Dès que le vent soufflera je repartira
Dès que les vents tourneront nous nous en allerons…

Ce fut un triomphe et Salin, soufflé en coulisses par la force performative du gamin, marqua un temps d'arrêt. Ce fut Isabelle, la co-productrice, qui le poussa sur scène.

— Titouan !

L'animateur prit une main du chanteur dans la sienne pour la lever vers ce ciel de fer et d'acier.

— Pour Titouan, vous devez composer le numéro 5. Le numéro 5 pour notre Breton. Les numéros apparaissent dans le bas de votre écran… Inutile d'ajouter quelque chose à cette performance qui a soulevé l'enthousiasme du public ici…

Dans son oreillette, Salin entendit Isabelle lui dire de ne pas trop en faire. On ne devait pas les accuser d'influencer les votes. « Ce serait un comble, en effet », ricana Salin intérieurement.

Il restait deux candidats : Divine et Eliott. Ce fut une véritable catastrophe pour Divine, qui s'offrit un suicide en public avec une reprise de Tina Turner. Le trac lui fit faire fausse note sur fausse note et le chauffeur de salle transpira comme jamais pour faire applaudir le public à tout rompre à la fin de la performance.

— Il en faut toujours un ou une, pesta Salin, en coulisses.

Avant de philosopher :

— Après tout, c'est à l'image de la vie.

Eliott, comme à son habitude, joua du piano debout, comme dans la chanson éponyme de Michel Berger qu'il reprit avec un enthousiasme communicatif. Pour le désigner, Isabelle avait coutume de dire « Eliott, en gros et en laid ». Le résumé était saisissant et insultant à la fois.

Tous les artistes réussirent leurs duos, maintes fois répétés durant la semaine quand arriva rapidement l'heure des résultats.

Salin tenta de ménager le suspense après avoir repassé un extrait de chaque performance des candidats :

— Rien n'est joué, je vous l'assure ! Vous avez encore cinq minutes pour voter ! Cinq minutes pour qualifier votre candidat préféré pour la seconde phase de Vibrato ! À tout de suite !

Puis il envoya une coupure publicitaire. Les candidats se retrouvèrent en coulisses. Titouan se glissa aussitôt auprès de Lina.

— Alors, on continue ? demanda-t-il.

— Pas sûre, lâcha la jeune chanteuse.

— Tu n'as pas assez confiance en toi, Papillon de nuit…

— Arrête de m'appeler comme ça, tu sais bien que je déteste.

— Et toi, tu n'ignores pas que je fais un peu trop souvent ma grande gueule… Mais qu'au fond…

— Le fond et la forme, soupira Lina. En fait, ce qui me manque, c'est de ne jamais arriver à dissocier les deux… Toi, tu y parviens…

Titouan la prit dans ses bras :

— Tu crois que c'est bien le moment de nous lancer dans ce genre de conversations ?

— Hé, les amoureux, lança Eliott, on se dit au revoir maintenant ?

Divine épongeait ses yeux pleins de larmes. Le Breton but au goulot une demi-bouteille d'eau minérale glacée avant de raffermir sa prise autour de Lina.

— Tu es prête, ma sœur ?

— Y a de l'inceste dans l'air, gloussa Jonas.

Ils n'écoutaient pas. Une chargée de production leur apprit que l'antenne revenait dans trois minutes. Ils allèrent sur scène et se replacèrent à l'identique. Laurent Salin arriva avant le direct et tint à taper dans la main des sept finalistes en leur souhaitant bonne chance pour la suite, quoi qu'il arrive.

— Tu connais le résultat, toi ? demanda Gwendy.

— Oui, répondit Salin, d'un air malin.

La diffusion reprit aussitôt.

— Et j'appelle Maître Roth, notre huissier de justice, qui a comptabilisé les votes de ce soir avec sa probité habituelle…

Les sept jeunes artistes se levèrent tandis que le batteur de l'orchestre effectua le début d'un roulement de tambour. Salin tenait à la main une enveloppe rouge qui portait le logo de Vibrato, ce visage chantant en trois dimensions.

— Et le premier qualifié est…

Il décacheta. Dans le public, on hurlait Titouan, Lina, Eliott…

— Titouan !

Le chanteur leva les bras au ciel et envoya des cœurs et des baisers au public. Salin reprit aussitôt :

— Et le second qualifié est…

Le jeune homme envoya un clin d'œil qu'il espérait prémonitoire à Lina. Le réalisateur hésita à le diffuser puis s'abstint, de peur qu'on l'accuse de connaître ce résultat…

— Lina !

… que tout le monde connaissait pourtant ! Une pluie de confettis dorés se mit alors à tomber. Deux caméras s'approchèrent des deux gagnants pour filmer leurs émotions au plus près.

— Lina et Titouan sont nos deux grands finalistes de cette dixième saison de Vibrato ! Merci à vous toutes et tous ! Rendez-vous dans quelques instants, avec Éric, depuis les coulisses et dès la semaine prochaine, même jour, même heure pour le premier prime et pour vous faire découvrir l'identité des deux coachs surprises qui passeront plus d'un mois avec Lina et Titouan ! À très vite, merci pour votre fidélité !

Le gagnant avait pris la gagnante dans ses bras. Il était tellement plus grand qu'elle que Lina se sentit hissée. Elle monta sur les baskets de Titouan si bien qu'ils tanguèrent ainsi sous les applaudissements nourris du public et des joyeux perdants. Isabelle, depuis la régie, fut ravie de cette dernière image. Elle rajusta d'aise ses lunettes rouge sang.

— Alors, heureux ? demanda Salin.

Titouan approuva tandis que Lina restait muette, prise par l'émotion de l'instant. Au fond d'elle, elle s'en doutait, évidemment. Elle n'était ni sourde, ni aveugle, et tous les pronostics sur Internet la donnaient grande finaliste en compagnie de Titouan. Mais il y avait toujours, pour elle en tous les cas, un fossé entre espérer un moment de vie et le vivre. Peut-être que Titouan, après tout, parvenait à ne pas faire la distinction entre les deux. Ce qui était une force.

Toute la troupe rejoignit les coulisses où les attendait Éric, le présentateur qui assurait la suite de Vibrato. Julie, la mère de Titouan, se jeta dans les bras de son fils et le couvrit de baisers. Puis elle enlaça tendrement Lina qui se trouvait bien seule à cet instant. La jeune chanteuse accueillit cette étreinte avec un grand bonheur. Elle avait appris à apprécier Julie durant ces quelques semaines. Ce petit bout de femme si dynamique, qui s'occupait de son fils avec dévotion et une bonne humeur jamais démentie ! Elle était tellement en joie que ses épaisses lunettes rouges se trouvaient de guingois sur son nez et qu'elle ne pensait même pas à rectifier leur position.

— Viens, viens, Lina, proposa Julie, en réunissant ses longs cheveux bouclés pour se faire une queue-de-cheval, nous allons fêter ça tous ensemble…

— Je ne sais pas, je ne sais pas, répéta Lina, toujours abasourdie.

À cet instant, le studio 128 d'Aubervilliers ressemblait à l'assemblage improbable d'une ruche et d'une fourmilière, où les artistes, cherchant à savourer l'instant, volaient dans les couloirs des loges et des coulisses tandis que les techniciens, pressés d'en finir, rampaient sur la scène et les coursives.

Laurent Salin était sorti par l'entrée des artistes pour fumer une cigarette bien méritée sous un ciel sans lune. Il faisait peut-être aussi chaud que dans le studio. Il s'était accoudé contre une rambarde de l'escalier de fer qui permettait d'accéder audit studio depuis une allée mal éclairée. Des taxis allaient et venaient pour ramener les candidats, les artistes invités et les VIP de la soirée, conviés par la production.

Il dressa un rapide bilan. Cela avait été une soirée plutôt sympathique, un peu au-dessus de l'ordinaire. Il avait même pris un peu de plaisir à présenter l'émission. Mais c'était maintenant que les ennuis commençaient vraiment.

D'ailleurs, Isabelle, qui le cherchait partout depuis la fin du show, avait fini par le trouver. Leurs deux visages, complices en bien des instants et des expressions, se contractèrent à l'unisson une fois encore.

— Et maintenant ? siffla Isabelle. On fait comment ?

— Tu peux me laisser respirer cinq minutes ?

— Te laisser plutôt t'intoxiquer cinq minutes, avec ta clope.

— Mieux vaut ça que ta farine… D'ailleurs, il n'est pas encore là, ton boulanger favori ? Il ne vient pas te chercher ce soir ? Tu dors à l'hôtel ?

Isabelle ne répondit même pas et s'empara d'autorité du paquet de cigarettes de son associé pour en voler une. Ils mélangèrent leurs fumées à défaut de faire fusionner leurs idées. Pourtant, il allait falloir se remuer.

Et sacrément ! Car il n'avait plus qu'un coach pour la suite de la saison... À une semaine du premier prime... Cela n'était jamais arrivé au cours des neuf précédentes saisons de Vibrato. S'il pouvait compter sur Jade Jaeckin, une chanteuse-actrice-poétesse qui avait déjà derrière elle plus de quarante ans d'une riche carrière, le second, le petit jeune, Killer Kill - un rappeur qui offrait un fabuleux contraste avec Jade –, leur avait littéralement explosé entre les mains, il y a quarante-huit heures de cela lorsqu'une vidéo, diffusée sur les réseaux sociaux, avait révélé qu'il maltraitait ses deux chiens en leur frappant sauvagement dessus. Le contrat avait été rompu en deux coups de fil entre avocats. De ce côté, aucun souci. Mais il se trouvait sans solution de rechange, sans coach de secours. Et cela promettait d'être cavalier de convaincre au dernier instant un artiste de renom, de sexe masculin - parité oblige - populaire, convivial et apprécié, comme ce putain de Killer Kill, sans qu'il ne se vexe d'être considéré comme un second choix.

Laurent Salin tira furieusement sur sa cigarette pour extraire, en une bouffée, toute la nicotine restante.

— Qu'est-ce que tu crois ? J'y travaille... Et toi ? Que fais-tu pour l'émission ?

— Et qu'est-ce que l'émission a fait pour moi ? protesta Isabelle, en jetant son mégot dans l'allée, sans même s'assurer que personne ne se trouvait dessous.

Salin haussa les épaules. Il y travaillait, oui. Il tenait une piste. Ténue. Fort ténue. Cela étant, s'il parvenait à aller au bout, cela pourrait être un jackpot en termes d'audience pour l'émission qui avait tout de même tendance à connaître plus de bas que de hauts depuis le début de l'été. Lina et Titouan formaient un beau couple, certes, même s'ils en constituaient un seulement au figuré et non au propre. C'était d'ailleurs comme gâcher de la marchandise, pensait l'homme avec sa casquette de producteur.

Chaque chose en son temps.

Il avait donc quatre, cinq jours maximum pour trouver le second coach. Il avait activé tous ses réseaux.

— Tu n'as pas intérêt à foirer ça aussi, lâcha Isabelle, presque menaçante, avant de regagner les coulisses.

L'animateur soupira. Qu'elle aille donc se faire foutre, elle comme les autres, à la chaîne ! Pour qui se prenait-elle, Madame les-grandes-manières-devant-et-les sales-coups-derrière ?

Oui, il avait une petite idée pour le second coach. Ou plutôt une grande idée. Mais il ne voulait pas lui en dire plus. Pas maintenant, il était trop tôt. La manœuvre allait être rude et il estimait seulement à trente pour cent ses chances de succès. Pas assez pour parader.

Salin se retira dans sa loge, sans même prendre le temps de passer faire un petit coucou dans l'émission d'Éric.

Qui prendrait donc la lumière à ses côtés, la semaine prochaine, sur la grande scène du studio ?

Si seulement *il* pouvait accepter…

À cet instant, sans vraiment savoir pourquoi, son bouc lui manquait et il aurait véritablement aimé le chatouiller de ses doigts excités.

♫

PISTE 3

Ecce homo

— Eh bien, mon cher Louis, voilà qui est fait !

Le docteur Jean Giotta, chirurgien ORL de son état, retira avec précaution la caméra optique - une sorte de long et fin filament - de la gorge de son patient. Sur l'écran de contrôle situé à sa droite, il venait de découvrir ce qu'il souhaitait voir.

— Décidément, grommela Louis Raphaël après une brève mais intense quinte de toux, je voulais m'en éloigner, des caméras, et voilà que tu vas m'en introduire une jusque dans mon estomac…

Le médecin lui sourit.

— Je me suis arrêté avant.

— Et alors ?

— J'ai découvert quelque chose, un polype aux cordes vocales selon moi. Nous pousserons les examens.

— C'est grave ?

— Ne t'inquiète pas. Tu sais à présent pourquoi ta voix s'est un peu éraillée. Il y a l'âge, certes, mais cette petite tuméfaction y est pour beaucoup.

— Il faudra me l'enlever ?

— Je t'ai connu plus patient…

— J'étais aussi plus jeune, rétorqua le chanteur.

Jean Giotta se mit à tapoter sur le clavier de son ordinateur. Il remplissait une ordonnance. Raphaël fit la moue.

— Je n'aime pas les médocs, tu le sais.

— Il faudra bien t'y faire… Si tu veux reprendre la chanson…

Le patient bondit de sa chaise :

— Entendons-nous bien, toubib ! Je ne veux pas reprendre la chanson. Je continue à chanter pour moi, dans mon manoir de Normandie. Je me colle devant le piano, je compose et je chante. Mais ne va pas colporter la fausse idée, dans Paris ou ailleurs, que Louis Raphaël va sortir de nouveaux titres ou même remonter sur scène…

Le célèbre chanteur avait employé un ton presque menaçant. Giotta, habitué à ses emportements, se contenta de lui répondre par un sourire. Raphaël se laissa tomber dans sa chaise. Il respirait fort. Il devait se calmer. Il détailla alors le cabinet de ce médecin de la voix qui avait son âge, lequel était devenu, au fil de plus de quarante ans de carrière, un ami presque intime. Tout y était blanc : les murs, les objets, la table d'examen, les appareils médicaux, les chaises. Et même lui, Giotta, avec sa blouse blanche trop grande pour lui, était blanc.

— C'est pourtant loin d'être le Paradis, ton cabinet, finit-il par lâcher.

Il avait recouvré un semblant de calme. À sa gauche, une imprimante cracha une feuille de papier. Le médecin la prit puis la lui tendit :

— Tu sais que je suis lié au secret médical, tout de même ? Et puis t'ai-je trahi une fois seulement ?

— Évidemment non ! cria Raphaël. Mais puisque tu me connais bien, tu sais que je ne prendrai pas tes médicaments.

L'ORL haussa les épaules :

— Un sirop inoffensif pour tes cordes vocales. Mais il va falloir pousser les examens au sujet de ton polype pour en déterminer la nature et décider de la meilleure façon de t'opérer.

— Et en attendant, je supporte ma voix de fumeur à trois paquets de clopes par jour.

Ce n'était pas une question, ni même une plainte, juste une constatation.

— C'est ce que tu t'envoyais, à la grande époque…

Le médecin, s'il enfilait machinalement ses gants chirurgicaux avant tout examen, n'en avait jamais réellement pris pour s'adresser à Louis Raphaël. Voilà une dizaine d'années que le chanteur avait cessé de fumer et ne buvait plus une goutte d'alcool. Avant son séjour de désintoxication de trois mois, tenu secret, dans une clinique sur les bords du lac Léman en Suisse, Raphaël fumait de son lever (11 heures du matin) à son coucher (6 heures) plus de quatre-vingts cigarettes brunes, sans filtre. Et pour accompagner les volutes de fumée, il commençait sa journée à l'apéritif anisé, avant de poursuivre au whisky (single malt tourbé) pour terminer à l'alcool de menthe. Un litre de chaque breuvage. Son foie avait doublé de volume. Ses poumons quant à eux apparaissaient à la radio comme des mines de charbon verticales devant lesquelles le plus courageux des mineurs aurait jeté sa pioche à terre de découragement !

Et puis il y avait eu ce que Louis avait appelé « l'incident », et dont il n'avait jamais voulu véritablement parler. Le médecin en connaissait les grandes lignes, mais cet épisode de la vie du chanteur restait nimbé d'un mystère encore pesant.

Giotta n'avait pas été étranger à cette décision radicale du chanteur, qui, en même temps que ses accoutumances, avait mis un point final à sa carrière, soulevant l'ire de ses centaines de milliers de fans. À quoi bon rester vivant pour ne plus chanter ? pensait sa communauté d'adorateurs. Ne valait-il mieux pas continuer à se détruire mais, dans le même temps, poursuivre son œuvre ? Vaste question.

Pouvait-il créer sans être sous l'emprise de la dive bouteille ? Sans être fin saoul ? Intoxiqué de nicotine, sans avoir une cigarette à la bouche ou entre ses doigts ? Si Raphaël avait repris place devant son piano, c'est que la réponse était positive. Et c'était peut-être la plus belle des nouvelles de la journée, voire de la semaine, du mois et même de l'année pour son ami médecin.

— Si tu ne veux pas prendre mon sirop, libre à toi, reprit Giotta en froissant l'ordonnance et en la jetant directement au panier. Mais je te conseille de prendre quelques précautions en attendant… Pour ne pas perdre *vraiment* ta voix…

Louis Raphaël contracta son visage tout entier. Cette grimace tendit étrangement une de ses grandes oreilles vers le médecin.

— Tout d'abord, je te conseille de ne pas passer des heures en parlant avec ton portable. Il n'y a pas de retour-son sur ces engins, on ne s'entend pas parler et on parle systématiquement trop fort. Cela fatigue les cordes vocales.

— Pas d'inquiétude. J'ai celui que m'a offert ma fille mais la batterie est toujours à plat. Et puis personne a le numéro.

— Pas de climatisation, pas de changement bref de température, sinon tes cordes risquent de s'assécher.

Puisque son célèbre patient l'écoutait, l'ORL poursuivit… dans un souffle :

— Dormir dans une maison humide, ou trop chauffée, ou trop sèche, perturbera également ta voix. La façon de t'habiller peut aussi jouer… Il ne faut pas écraser tes poumons, je te l'ai déjà dit, donc tu peux jeter à la poubelle tes chemises à col serré, et privilégier les ceintures aux bretelles.

Bon, Louis portait toujours un t-shirt sous une veste et un jean noir.

— Il faut aussi faire attention à ton alimentation. Privilégie le sain et le léger pour éviter les reflux, les relents de l'œsophage vers le larynx. Le reflux gastrique est la cause la plus courante des laryngites, mon cher.

— La bouffe lourde, ça ne risque pas… C'est le plus souvent fromage blanc et jambon quand je suis seul… Mais les contrariétés qui produisent de l'acide chlorhydrique, ça, oui, souvent je crois… Et ça me brûle le tuyau et la gorge…

— Notre estomac supporte l'acidité, normal, cela nous permet de digérer… Mais au-dessus, c'est niet… Ça attaque dur… Et ça peut même rendre aphone, à la longue… Bon, je passe sur les chapitres des alcools, évidemment, et je te conseille d'éviter aussi les laitages. La caséine, la protéine contenue dans le lait, agit comme une glu sur les parois du larynx et peut même former une sorte de pâte, de chewing-gum, qui n'arrangera rien… Tu peux te faire plaisir avec des mangues, des papayes, des kiwis ou des fruits secs…

— Tu as fini avec tes conseils de régime ?

— Si tu le souhaites, j'arrête.

— Alors, arrête.

Le chanteur se leva et remonta les mèches grises qui couvraient son front. Un de ses célèbres tics.

— J'ai un rendez-vous. Je te dois combien ?

Il sortit une liasse de billets de la poche intérieure de sa veste et régla son ami.

— Tu repasses me voir dans deux semaines, dit Giotta.

Son patient marmonna un vague « oui » avant de lui tourner le dos.

— Louis... Peux-tu rester cinq petites minutes encore ?

Il fit volte-face.

— Pourquoi ?

Raphaël se mit à renifler, signe qu'il se trouvait incommodé et flairait quelques embrouilles.

— Comme je savais que nous avions rendez-vous, je me suis permis de faire venir Laurent Salin. Il se trouve dans la salle d'attente. Tu étais mon dernier patient de la matinée. Salin est fan de toi. Il voulait te parler. Il a une proposition à te faire.

— Qui est Salin ?

— Le producteur et l'animateur de l'émission Vibrato.

Raphaël hocha la tête et sourit pour la première fois depuis son entrée dans le cabinet.

— C'est un guet-apens ?

— Non, il a simplement une proposition à te faire. Et moi, en tant qu'ami, et accessoirement en tant que conseiller scientifique de l'émission, j'aurais tendance à penser que c'est une proposition intéressante pour toi.

— Je ne tiens pas à voir cet animal de cirque, qu'il reste dans la salle à attendre… Tu as une sortie de service ?

À cet instant, derrière lui, la porte s'ouvrit quand le producteur entra, les cheveux plaqués sur le crâne comme son sourire, en bas de son visage.

— Louis, je suis heureux de vous rencontrer enfin, dit Salin.

Il lui tendit sa main, que le chanteur dédaigna.

— Pour toi, je suis Monsieur Raphaël, mon petit gars… Je n'aime pas beaucoup qu'on me force la main… Tu n'as rien à faire ici…

Il se tourna vers Giotta.

— Tu vois, quand je restais accroché à mes bouteilles, c'était justement pour faire passer ce genre de moments incommodants…

Mais Salin, loin de se décontenancer, garda son sourire et resta la main tendue. Il y eut alors, chez Raphaël, une pensée fugace de lassitude extrême, un sentiment étrange qu'il se trouvait face à un homme qui le désirait réellement, qui était venu pour le voir, et le convaincre lui. Quand on vit seul, trois cent soixante jours par an dans un manoir perdu au cœur du bocage normand, on n'a guère l'occasion de se sentir désiré au quotidien. Et même si le chanteur s'était isolé pour éprouver la solitude, la désirant plus que tout au monde à la suite de sa cure de désintoxication, elle commençait réellement à lui peser, il devait bien l'admettre.

—Monsieur Raphaël, autant jouer franc jeu avec vous dès le début de notre rencontre, et je ne remercierai jamais assez le docteur Giotta de l'avoir permise… Je vous propose de devenir le coach d'un de nos deux finalistes, Linda et Titouan. Linda a seize ans, elle a une voix d'une puissance extraordinaire, votre ami ici présent pourra vous le confirmer… Titouan en a dix-huit… Il a le rythme dans la peau et un charisme hors du commun…

Louis Raphaël se contentait d'écouter. Vibrato, coach, finaliste… Ces mots avaient une résonance particulière à son oreille. Il n'allait pas l'avouer ici et maintenant mais il avait découvert l'émission avec sa petite-fille, Jane, il y deux ou trois ans de cela, et il avait regardé avec elle deux saisons entières. Cette année, il n'avait rien suivi, précisément parce qu'il avait repris son travail.

Il aimait bien Vibrato. Cela le distrayait. Il avait passé de bons moments. Bon, il fallait mettre de côté l'habillage clinquant du spectacle, le déversement publicitaire – une véritable diarrhée consumériste –, et le sourire faux de l'animateur, mais, si on parvenait à faire fi de cela, alors on était en mesure d'apprécier ces jeunes nanas et ces gars sans poil au menton qui se trémoussaient drôlement bien en chantant pour certains, en ahanant pour d'autres, des chansons diverses et variées. Plusieurs fois, il avait entendu ses propres chansons, arrangées avec un certain brio. Il se rappelait une gamine métisse de quinze ans, à la peau couleur café, qui avait repris sa chanson sur le métro, façon reggae. Il avait adoré et Jane s'était moquée de lui pendant toute la soirée parce qu'il avait même essuyé une larme à la fin de la prestation.

Salin entra immédiatement dans le vif du sujet et lui expliqua le principe de l'émission, comme si Raphaël était un béotien.

— Il ne reste plus que deux candidats. La compétition va s'étendre, grosso modo, sur les deux prochains mois…

Chaque coach prend en charge un candidat chez lui pour lui apprendre le métier. Nous tournons une émission quotidienne d'une heure pour montrer la progression de Lina et Titouan, puis, le samedi soir, il y a le grand prime en direct où ils chantent avec des artistes et les anciens candidats… Comprenez, Monsieur Raphaël, l'honneur que cela serait pour nous de vous savoir à nos côtés…

Il marqua une pause toute calculée, ce qui fit froncer les sourcils immensément broussailleux du chanteur.

— Et puis, l'autre coach est Jade Jaeckin.

À l'énoncé du nom de son ancienne compagne, la mère de sa fille, la grand-mère de Jane, le visage de Raphaël fut secoué d'un tremblement. Il la revoyait parfois mais il n'était plus question de parler musique, chanson… Alors qu'il lui avait écrit ses plus grands succès, et l'avait fait jouer dans ses clips et même ses films… Ils avaient formé un couple mythique, dès leur union. Et ce godelureau, là, ce Salin, il proposait de les réunir à nouveau, après vingt ans de séparation, devant les caméras. Et d'ailleurs, se demanda Raphaël, est-ce que Jade était au moins au courant ? Avait-elle donné son accord ?

L'animateur, qui avait saisi le trouble de son interlocuteur, tenta un dernier argument, issu d'un mensonge, son atout maître. Il savait le chanteur coupé de tout, du gotha, des réseaux, alors il ne risquait pas grand-chose.

— Monsieur Raphaël, j'ai renvoyé le coach qui devait concurrencer Jade parce que je pense qu'il vous faut vous, et vous seul… Que vous seriez à votre place… Nos deux candidats sont si attachants… Et je peux vous assurer, pour en avoir parlé avec elle, que Jade serait aux anges…

Louis Raphaël répondit enfin :

— D'abord, je n'aime pas tes méthodes, mon petit gars… Et si tu es parvenu à entourlouper le toubib, ça ne va pas être la même confiture avec moi, tu peux me croire… Ensuite, qu'est-ce que tu y connais, aux anges ? Ils se tiennent éloignés des plateaux de télé, je peux te l'assurer, ça… Moi, je me suis retiré il y a bien longtemps de ça, et je ne compte pas revenir dans ces conditions, même si Jade est là. J'ai tiré un trait sur tout ça, voilà tout. Et puis, je n'ai plus ma place dans le monde d'aujourd'hui…

Giotta intervint alors :

— Pour toi, il y a longtemps que c'est fini… Tu ne comprends plus grand-chose aujourd'hui, mais tu entends des choses que tu aimes et ça distrait ta vie ?

Raphaël fit non de la tête.

— Tu te trompes. J'aime le rap. Et la musique électronique… Orelsan, les Daft Punk… Et puis je ne sais même pas pourquoi je me justifie, tiens… Allez vous faire foutre !

Le chanteur se retint de ne pas leur faire un bras d'honneur, traversa le cabinet à grands pas et posa la main sur la poignée de porte.

— Monsieur Raphaël, reprit Salin, vous qui avez commencé comme animateur dans un centre aéré… Vous leur appreniez la guitare… Et puis tous ces jeunes chanteuses et chanteurs pour qui vous avez écrit des succès, que vous avez lancés… Vous êtes un passeur hors-pair, cher Louis, et je suis persuadé que Lina et Titouan seront vos meilleurs élèves…

Tiens, il était au courant de son passé d'animateur dans un foyer pour jeunes en difficulté. Bon Dieu, c'est donc qu'il s'était renseigné et qu'il avait lu la biographie de Serge Fauvet. Celle qui faisait autorité, la plus complète, la moins spectaculaire, la plus véridique, et par conséquent, celle qui ne s'était jamais vraiment vendue, contrairement aux autres affreusement putassières dont il ne se serait pas même servi pour se torcher.

— Adieu ! lança le chanteur, sans même se retourner.

Il dévala l'escalier en colimaçon de l'immeuble bourgeois en glissant sur l'épais tapis. Il avait hâte de sortir, de retrouver l'air de Paris même s'il ne supportait plus cette ville. Il était tombé dans un piège dressé par un de ses seuls amis. De l'air, de l'air…

Il se retrouva avenue d'Iéna, la traversa et prit machinalement la direction de l'Arc de Triomphe.

— Monsieur Raphaël !

Salin lui courait après ! La circulation était devenue subitement dense. Le producteur traversa la rue sans regarder et fit piler une grosse berline qui le klaxonna avec insistance. Mais il l'avait rattrapé. L'homme de télé était en nage, il respirait avec difficulté. Raphaël reconnut le souffle rauque du fumeur. Il s'arrêta, peut-être par pitié, mais sans vraiment savoir pourquoi.

— S'il vous plaît… Acceptez au moins de rencontrer Lina et Titouan… Organisons une entrevue… Avec Jade…

— Quand ? demanda Raphaël. Je repars à 15 heures en Normandie.

Le producteur regarda sa montre.

— Vous êtes libre pour déjeuner ?

— Non.

— Un café ensuite ?

Le chanteur se mit à renifler à nouveau.

— Je ne bois pas de café. Seulement du thé.

— Alors un earl grey.

Louis Raphaël céda.

— C'est d'accord. 14 heures. Au bar de l'hôtel qui porte mon nom, ça vous va ?

— Merci, répondit simplement Salin.

L'ancienne gloire continua son chemin en direction de l'Arc de Triomphe tandis que Salin rassemblait ses forces pour ne pas tomber à genoux sur le trottoir, ivre de fatigue et d'émotions.

La voilà son idée. Réunir le couple mythique dans Vibrato. Remettre Louis Raphaël devant les caméras et sous les projecteurs. Faire voir sur les écrans, le nouveau Raphaël, le compositeur génial, le musicien surdoué, débarrassé de ses scories, de son alcoolisme, de sa provocation, de ses paroles malheureuses, de ses gestes outranciers… Proposer le retour de la star.

Rien n'était fait… Surtout, ne pas s'emballer…

Si seulement…

Le rendez-vous était pris. Il avait hâte.

PISTE 4

Qui est « in », qui est « out »

Lina émergea d'une nouvelle nuit sans rêve. Depuis sa victoire lors de la première finale de Vibrato, elle se sentait bien, dans une sorte de plénitude qu'elle n'avait que très rarement ressentie dans sa certes courte existence. Sa qualification, en compagnie de Titouan, qui était de très loin son adversaire préféré, lui avait apporté un semblant de paix intérieure. Son esprit n'avait plus besoin d'inventer des rêves puisqu'elle était en train d'en vivre un.

La jeune fille se leva et alla tirer les rideaux de la grande baie vitrée. Aussitôt, une lumière d'une force prodigieuse enflamma sa suite tout entière. Depuis trois jours, elle vivait ici, au dernier étage d'un hôtel près de l'Opéra. D'ailleurs, par la fenêtre, elle pouvait apercevoir le dôme vert et les deux statues d'or du palais Garnier. Titouan logeait dans la même suite, à l'étage du dessous. Il la partageait avec sa mère, Julie, qui se chargeait de sa communication et qui ne le quittait pas d'une semelle depuis le début de la compétition.

Lina, elle, occupait seule les trois pièces et n'avait reçu que quelques visites depuis son emménagement. Celles de Laurent Salin, de Samia, la directrice de son foyer, et de trois journalistes à qui elle avait accordé de longs entretiens. Ce qui l'avait profondément gênée. Elle ne se sentait pas encore tout à fait légitime pour que ses paroles se trouvent recueillies, quasi religieusement, par d'autres.

La candidate était encore trop gênée pour commander un petit déjeuner par téléphone. Salin l'avait pourtant assurée du contraire. Elle se prépara un thé et se contenta de petits biscuits secs qui se trouvaient à disposition sur un grand plateau d'argent.

La journée s'annonçait sous le signe de la musique et de la chanson, et c'était bien ce qui comptait pour Lina. À 15 heures, une voiture affrétée par la production de Vibrato viendrait la chercher pour la conduire au studio d'Aubervilliers. Il était question de répéter les numéros en solo que Titouan et elle exécuteraient lors de l'émission de samedi. Lina avait hâte d'en savoir plus à propos des coachs désignés. Déjà, la veille au soir, lors du dîner, la mère de Titouan avait la certitude de connaître le premier nom :

— Jade Jaeckin, lança Julie triomphalement. Je le tiens d'une source sûre…

Elle avait ajouté, à l'intention de Lina :

— Vous feriez un duo merveilleux, elle et toi. Je trouve que vous avez la même poésie dans le regard.

Titouan avait approuvé avant de se glisser devant le piano de la salle de restaurant de l'hôtel et de reprendre, avec talent, *Paris-London Sixties*, un des tubes de Jade, ce qui lui avait valu un concert d'applaudissements.

Le téléphone de Lina se mit à vibrer. C'était Salin.

— Changement de programme, dit le producteur quand elle décrocha. Une voiture va passer vous prendre, Titouan et toi, à 13 h 30. Vous allez rencontrer les deux coachs.

PISTE 4

Elle eut l'impression que son cœur avait bondi avec tant de force dans sa poitrine qu'il s'était cogné contre sa clavicule.

Elle attendit l'heure convenue avec impatience, et, il fallait bien l'admettre, une pointe d'anxiété. Cette rencontre ne serait en rien un entretien d'embauche puisque ce serait le public de l'émission, et lui seul, qui formerait les duos. Mais, tout de même, elle allait rencontrer celui avec lequel – ou laquelle – elle allait partager son quotidien pour les deux prochains mois.

Lina retrouva Titouan dans le hall quelques minutes avant.

— On saura bientôt si maman a eu raison, souffla le jeune chanteur.

La voiture fut à l'heure et, sur le trajet, les deux candidats échangèrent quelques questions sans importance. Titouan se risqua pourtant :

— Tu n'as pas l'impression, depuis le dernier prime, d'être passée dans une autre dimension ?

Lina lui répondit que non. Elle ne vivait pas sa victoire comme lui. Elle s'était constitué une bulle apaisante, où elle était seule, tandis que Titouan vivait dans celle soufflée par sa mère et qui menaçait d'exploser tellement elle la remplissait. Julie avait fait lire à son fils tous les articles parus à son propos, et lui avait montré la plupart des vidéos qui relayaient son triomphe, alors que Lina avait refusé d'en visionner ne serait-ce qu'une seule.

La voiture les déposa devant l'entrée de l'Hôtel Raphaël, située avenue Kléber, non loin de l'Arc de Triomphe. Salin les attendait dans le hall et les mena au célèbre bar de l'hôtel. Les boiseries étaient partiellement recouvertes de grandes tentures rouges brodées. Une épaisse moquette de la même couleur recouvrait le sol. Il y régnait une atmosphère très feutrée. Lina y entrait pour la première fois. Elle eut l'impression d'être transportée dans un roman d'Agatha Christie et de visiter un club anglais.

Titouan et elle s'installèrent dans un canapé en velours. Salin prit place dans un gros fauteuil, en face d'eux. Il restait bien deux autres places : celles des coachs.

— Jade Jaeckin ne va pas tarder, commença alors Salin.

Titouan adressa un clin d'œil à sa camarade.

— Bon, ce n'est pas vraiment une surprise… Mais je ne vous ai pas fait venir ici en toute innocence. Vous commencez à me connaître, non ? Il s'agit de convaincre celui qui sera notre second coach.

— Ce n'est pas encore décidé ? s'étrangla presque Titouan.

Salin balaya cette remarque d'un vif geste de la main.

— Je l'ai invité à venir vous rencontrer afin de le convaincre.

— Qui est-ce ? demanda le jeune chanteur.

Une voix s'éleva sur sa gauche.

— Moi. C'est moi, mon petit gars. Louis Raphaël.

Salin bondit comme si le diable en personne venait de lui piquer le fondement. Raphaël n'était pas seul. Il se trouvait bras dessus bras dessous avec Jade.

— Nous nous sommes croisés dans le hall, précisa la coach, avec sa délicieuse pointe d'accent anglais. Alors on s'est dit avec Louis qu'on allait faire un petit bout de chemin ensemble…

Le chanteur leva la main de Jade pour l'embrasser. En les voyant ainsi, on se serait presque dit qu'ils ne s'étaient jamais quittés.

— En souvenir de nos jeunes années, dit-il.

— De nos belles années, corrigea-t-elle.

Ils prirent place côte à côte sur le second canapé. Lina était surprise. Bien entendu, elle connaissait Raphaël, même si elle souffrait de grosses lacunes au sujet de sa musique et si, de ce qu'elle connaissait, elle n'était pas forcément emballée. Voyons, il s'était arrêté de chanter avant même sa naissance ! De son côté, Titouan était au comble de la sidération. Était-il réellement face à Louis Raphaël à cet instant présent ?

Louis Raphaël, dont il admirait le travail – ou plutôt les travaux – depuis qu'il était en âge d'entendre de la musique et d'en jouer ? Louis Raphaël dont sa mère possédait non seulement la discographie complète, mais aussi, et surtout, pour qui elle avait aménagé une pièce entière de leur maison de Quimper à la gloire passée du célèbre chanteur.

Dans un état second, Titouan se leva et tituba jusqu'au piano du bar. C'était plus fort que lui, il fallait, dans son esprit, que tout débute en musique. Il s'installa et joua la mélodie de son titre préféré de Raphaël, dont le refrain comprenait un extrait du premier mouvement de la Symphonie n° 9 (dite du Nouveau Monde) d'Antonin Dvořák.

Tous les regards des clients du bar prirent la direction du piano. Titouan jouait en variant les rythmes, la vitesse de ses frappes, et cela donnait à la mélodie des allures tantôt mélancoliques, tantôt folles.

Le compositeur, qui tenait toujours la main de Jade, écoutait, en reniflant souvent.

— Bravo ! lança la coach anglaise, lorsque Titouan eut terminé le morceau.

Elle se leva et applaudit. Son sourire partait de sa paupière droite pour se terminer sous sa paupière gauche. Titouan revint, la tête baissée :

—Ma mère est raide dingue de vous, Monsieur Raphaël. Elle deviendrait folle si vous deveniez mon coach.

— Et toi, mon petit gars ? Tu en penses quoi de la vieille carne ?

— Ce serait un tel honneur d'apprendre la musique à vos côtés.

Le serveur vint prendre les commandes. Quatre thés et un café. On laissa choisir à Jade la provenance du breuvage. Elle choisit un darjeeling vert. Pour le café, Salin demanda un ristretto. Puis se ravisa. Qu'on lui en serve deux dans la même tasse.

Lina avait adoré la prestation de Titouan, comme toujours. Dès qu'il revint, elle se sentit toute petite. Titouan avait vraiment tout pour lui : il jouait, composait, chantait avec assurance. Il était, pour elle, le futur gagnant de la dixième saison de Vibrato.

Depuis son arrivée, Lina voyait bien que Louis Raphaël l'observait avec attention. Son visage rond, aux grandes oreilles décollées, parcouru de rides, était souvent tourné dans sa direction. Elle en était gênée car ce qu'elle connaissait avant tout de cet homme, c'étaient ses provocations télévisuelles, son alcoolisme, son attitude plus que douteuse vis-à-vis des femmes.

Il insultait sans vergogne les présentateurs et ses collègues chanteurs. Pourtant, là, dans le regard de cet homme, elle ne vit rien de tout cela, mais plutôt des interrogations, ainsi qu'une lueur vive, constituée de quelques étoiles, à la commissure de ses yeux, qu'elle prit pour de la bienveillance.

Jade était joyeuse :

— Louis, ce serait vraiment génial si nous étions les deux coachs, tu ne trouves pas ? Tu imagines la tête de Jane quand elle va l'apprendre ?

— Votre petite-fille serait aux anges ! intervint Salin, qui avait terminé, cul sec, son café.

Raphaël intervint :

— Dis, je crois t'avoir déjà demandé si tu t'y connaissais, en anges ? Je ne crois pas, moi…

Il se tourna vers Lina.

— Et toi ? C'est bien Lina, ton prénom… Tu en penses quoi de ma participation à votre Vibrato ?

— Je pense que…

Elle bafouilla :

— Je n'en sais rien, en fait. Enfin, si… ce serait formidable, si…

— Mais Bon Dieu ! tonna le chanteur. Regardez-moi bien tous… Je suis à peine présentable, je ne chante plus depuis plus de quinze ans, ma voix est cassée, Giotta me l'a encore dit tout à l'heure dans son cabinet, et là, vous voulez tous me pousser à nouveau dans l'arène ?

— Ce n'est pas un retour que tu ferais, Louis, objecta Jade, mais plutôt un passage de relais que tu n'as jamais vraiment assuré avec ton départ si soudain de la scène…

Un départ si soudain, oui. Deux infarctus à une semaine d'intervalle à cause de sa vie dissolue. Soit il signait l'arrêt de sa carrière, soit son arrêt de mort. Il avait longtemps hésité. Et puis sa fille, et ce foutu Giotta, avaient emporté le morceau.

Ils continuèrent de discuter.

Salin précisa ce qu'on attendait des coachs. Jade était en phase avec cela, bien entendu, mais il pensait que Raphaël le découvrait.

— Le candidat vivra chez vous en journée. L'idée est d'installer des caméras fixes dans votre espace de travail, dans un salon, la cuisine peut-être… Vous serez équipés de micros-cravates miniaturisés afin de ne pas être gênés. On peut aussi prévoir une caméra mobile pour vos sorties… Je pense, par exemple, cher Monsieur Raphaël, aux promenades créatives que vous pourriez faire avec votre élève dans le magnifique bocage de Normandie… L'idée est de reprendre vos propres chansons. Faire chanter votre candidat seul, ou bien en duo avec vous. Lui délivrer des conseils, et même le faire écrire ou composer. Je vous le promets : vous n'aurez à vous occuper de rien d'autre que de musique. Et, le vendredi après-midi, direction les studios pour la préparation de l'émission du samedi soir… Voilà…

Salin, à cet instant, se dit qu'il n'avait absolument pas parlé des questions d'argent avec son coach rêvé. Il n'avait jamais évoqué le moindre montant à ce sujet. Il s'en abstint là encore. La décision du chanteur retraité ne se ferait pas sur cet aspect-là. Pire encore, le producteur supputait que la mention d'un nombre en euros pourrait même le braquer. Il était déjà riche de plusieurs millions et ne dépensait plus rien.

Louis bougonna après cette vive tirade. Il se tourna vers Lina et lui demanda de lui détailler son parcours.

La jeune chanteuse se redressa et écarquilla les yeux. Cela fit sourire Raphaël. Toujours avec bienveillance. Elle lui plaisait rudement, cette petite. Déjà, sa voix, au repos, était sublime. Et puis on sentait le feu sacré de la musique, un tempérament vésuvien derrière le masque de la timidité. Il adorait cela.

— Je viens d'un foyer en Essonne… Sainte-Geneviève-des-Bois, ça ne vous dit rien… ?

— Rien du tout.

— Je n'ai jamais connu mes parents « biologiques » comme on dit, j'ai été élevée dans une famille d'accueil mais j'en suis partie à douze ans pour aller vivre dans un foyer.

— La vie n'a pas été rose pour toi, dit Raphaël, en reniflant.

— On s'est toujours bien occupé de moi, enchaîna la jeune femme. C'est grâce à Samia, la directrice du foyer, que j'ai commencé à chanter. Enfin, à chanter vraiment, devant un public. Elle a proposé de m'inscrire dans une chorale de la ville et puis tout s'est enchaîné…

— S'occuper de toi, oui, mais est-ce qu'on t'a donné de l'amour ? Merde, nous sommes des animaux, après tout, on a tous besoin d'amour…

Il était ainsi Louis Raphaël. Il disait ses sentiments sans ambages, sans les entourer de papier cadeaux, de plastique à bulles ou même de guimauve. Cela pouvait en choquer certains. Mais Lina, elle, appréciait plutôt. Elle continua donc, tâchant de répondre à la question posée par le chanteur sans le faire directement, comme à son habitude :

— La chorale, c'est devenu plus qu'un groupe de chanteurs, on se retrouvait tous les soirs pour chanter, évidemment, mais surtout pour échanger… On a autant mêlé nos voix que nos sentiments… Ce sont eux qui me manquent le plus depuis le début de l'émission et cette vie de recluse…

— Et donc, poursuivit Raphaël, tu es passée de ta chorale de banlieue à Vibrato comme ça, d'un claquement de doigts, avec juste tes bons sentiments ?

— C'est très souvent le cas pour nos grands prodiges, déclara Salin.

— On m'a repérée pour Vibrato à la suite d'une vidéo tournée à la gare d'Austerlitz, expliqua Lina. Un type jouait du piano, je me suis mise à chanter, et on est restés deux heures ensemble avec tous les voyageurs qui nous applaudissaient.

Titouan approuva. Il avait aimé la vidéo. Et l'avait fait savoir en cliquant sur un pouce levé.

— Tu joues d'un instrument ? demanda Jade.

— Non, je suis désolée.

Louis leva les yeux au ciel, sans que l'on sache s'il était atterré par la réponse, ou bien la question. Jade demanda à Titouan de détailler son parcours :

— J'ai commencé le piano à trois ans, au conservatoire de Quimper, là où je vis avec ma mère. Je n'ai jamais connu mon père, mes parents se sont séparés à ma naissance et il n'a jamais demandé à faire ma connaissance. J'ai obtenu mon premier prix à sept ans. Je joue aussi de la guitare et de la basse. J'aimerais en faire mon métier même si je sais que ce n'est pas facile tous les jours. C'est ma mère qui m'a inscrit au casting de Vibrato. Je n'ai pas été pris, il y a deux ans, mais, pour cette année, tous les voyants étaient au vert.

Le vieux chanteur haussa les épaules. Un parcours calibré comme il en existait tant. Pourtant, il trouvait le jeune attachant. Pour son grain de voix, peut-être ? Oui, pour ce chevrotement avec lequel il commençait ses phrases et qui marquait cette fragilité qu'il cachait derrière son masque d'assurance – d'arrogance diraient même certains.

— Toi, reprit le chanteur, tu m'as l'air d'être un bon petit diable… Mais tu sais que nous ne sommes pas journalistes, hein ? Tu peux dévier un peu de ton discours prémâché…

Titouan se raidit aussitôt.

— On est là pour faire connaissance, non ? On parle de notre parcours, ce qui nous a amenés à Vibrato. Ce sont des faits. Le reste, je le garde pour mes chansons, je le mettrai un jour en musique.

— J'aime bien ta réponse, mon petit gars. Oui, je l'aime sacrément bien.

— Et puis j'ai eu une enfance bien moins romanesque que Lina…

— Ouais, tu n'as pas eu de père, ça forge un caractère, ça. Tout comme en avoir un trop présent. Le romanesque, il est partout. Suffit de se pencher pour en trouver. Moi, j'ai toujours été soutenu par mes deux parents, tu crois que ça m'a rendu heureux pour autant ?

— C'est vous qui avez la réponse, rétorqua Titouan. Certainement pas moi.

Bon, Raphaël devait bien l'admettre… Il les trouvait attachants, ces deux-là. Ils se regardaient souvent. Ils s'appréciaient, se respectaient, de quoi offrir une saine compétition. Il se rappela de la saison 7 de Vibrato, de Quentin et Chiara, voix d'or, tempérament de fer, et une haine viscérale entre les deux qui suppurait à l'écran. Lors de la finale, pendant un duo, Raphaël avait même dit à sa petite fille qu'il n'aurait pas été plus étonné que cela qu'ils se mordent !

Et Lina l'intriguait. À vrai dire, sa timidité lui rappelait celle de Jade, lorsqu'il l'avait connue. Le grand gaillard, là, le beau gosse, il tenait du virtuose, un peu comme lui à son âge, seulement il avait les codes, il se regardait jouer. Il aurait aimé plus de pudeur. Mais, après tout, cela ne le regardait pas.

Quoique…

— Je ne sais pas ce que vous avez tous avec moi… Je n'intéresse plus personne. Je suis passé de mode. Je ne suis plus vraiment de ce monde…

Titouan démentit avec verve. Salin assura l'accompagnement. Au violon.

— Tu vas t'en mordre les doigts, mon petit gars, riposta Raphaël. Je suis âgé, maintenant. J'ai beaucoup changé. Ma timidité du début m'est revenue en pleine gueule. Il ne faut pas attendre de moi des débordements et des scandales. J'ai jeté tout ça avec mes verres en cristal.

— On peut boire de l'eau, Louis, dans des verres en cristal, intervint Jade.

Elle était toujours aussi divine. Il posa un discret baiser dans son cou. Cela les fit rire. Salin était ravi lui aussi.

— La provocation est une cuirasse, la solitude une cotte de mailles, reprit le chanteur. À choisir entre les deux…

Il termina sa tasse, baisa à nouveau la main de Jade et salua les deux jeunes.

— Mais dites-moi, les cocos, vous êtes en couple tous les deux, je me trompe ?

Lina et Titouan en furent soufflés.

— L'amour est aveugle, et sa canne est rose, compléta Raphaël, en se levant. Je dois vous laisser, mon chauffeur m'attend. Je rentre.

Le producteur bondit. Alors ? C'était oui ou non ?

— Vous me rappelez ? demanda-t-il.

Raphaël tourna les talons et s'enfuit avec élégance, comme si les semelles de ses baskets glissaient sur la grosse moquette.

— J'ai encore quelque chose à lui dire, ajouta Jade, qui partit pour le retrouver.

Salin prit sa tasse vide et la posa contre ses narines. La fragrance de chocolat mêlé de noisette du café lui apporta quelque réconfort. Il dit à ses candidats qu'il était l'heure de lever le camp.

— On va à Aubervilliers, soupira-t-il.

Il n'aura toujours pas eu sa réponse.

Jade et Louis discutaient dans le hall au sol de marbre, tout en boiseries, devant un tableau qui représentait une biche poursuivie par une horde de chiens féroces, et dont le flanc était percé d'une flèche. Le directeur de l'hôtel vint saluer le chanteur et le remercia pour sa visite. Les deux anciens amoureux s'entendaient encore à merveille.

Ne voulant pas les gêner, Salin passa près d'eux sans rien dire et fila, escorté de Lina et Titouan qui marchaient devant lui.

Raphaël rattrapa le producteur tandis que ce dernier allait s'engager dans la porte-tambour. Il l'attrapa par le col de sa veste, avec un peu de maladresse, puis l'attira vers lui.

— Si j'accepte ta proposition, je veux poser une seule et unique condition.

Il se rapprocha. Le producteur sentit les courts poils de barbe du chanteur lui chatouiller l'oreille.

— Je veux avoir la certitude de travailler avec Lina.

Salin accusa le choc. Non pas de cette dernière demande quelque peu étrange, il devait bien l'admettre, mais plutôt celui d'un possible succès et de la présence de Raphaël sur le plateau de Vibrato. Enfin.

Pourtant, le producteur ne put s'empêcher de lâcher :

— Pourquoi, Monsieur Raphaël ?

Le chanteur se figea un instant. Puis il dit, d'une voix plus traînante que jamais :

— Pourquoi l'éponge boit les liquides, quels qu'ils soient ?

Salin l'emmena dans un coin d'ombre, près de la conciergerie, où un chasseur était en train d'entreposer de grosses malles siglées. Titouan et Lina étaient restés sur le trottoir de l'hôtel, supputant une conversation privée entre les deux hommes.

— Louis… (Il en oublia son obséquieux Monsieur Raphaël) Je vous ai expliqué le principe de Vibrato… C'est le public qui, à l'issue de la première émission, décide de vous attribuer soit Lina, soit Titouan.

— J'ai appris, tout au long de ma carrière, que le public n'a pas forcément raison du premier coup. Tu en dis quoi, de ça, mon petit gars ? Tu te rappelles mon album *La Promenade de Melody* ?

— Mon préféré… ne put s'empêcher de balbutier Salin.

— Eh bien j'en ai vendu dix mille. Ouais. Et à côté de ça, je gerbais des bluettes pour d'autres chanteuses et ça partait par palettes de cent mille…

Un album devenu culte depuis. Mais passons…

— Louis, enchaîna le producteur, vous ne pouvez pas me demander de changer les règles du jeu juste avant qu'il ne commence et seulement pour vous satisfaire.

— Non, je ne te demande pas de faire évoluer les règles. Je te demande de me confier la petite, là, Lina, et pas Titouan, qui est très doué - on dirait moi à son âge, tiens, en plus beau gosse évidemment - mais qui ne me revient pas autant qu'elle… C'est assez clair pour toi, formulé ainsi ?

Salin baissa la tête, comme s'il était vaincu.

— Je vais y réfléchir…

— Eh bien quand tu auras terminé tes réflexions, tu sais où me joindre pour m'annoncer la nouvelle.

Le chanteur fit volte-face et s'en alla.

— Non, je ne sais pas ! lança le producteur. Je n'ai pas votre numéro.

— Appelle Giotta à son cabinet, rétorqua Raphaël, en agitant sa main en guise d'au revoir, sans même se retourner. Il transmettra.

VIBRATO

Le service de presse de la chaîne conjointement avec celui d'Oscillo, la maison qui produisait Vibrato, firent savamment monter le suspense à partir du mercredi précédant la première émission en direct. Sur Internet, des bannières interactives présentaient les portraits de Lina et Titouan, derrière lesquels se trouvaient ceux de Jade Jaeckin ainsi qu'une silhouette noire, sur laquelle était dessiné un point d'interrogation.

« Qui sera le coach mystère ? Vous n'êtes pas au bout de vos surprises. Rendez-vous samedi à 21 h 10 », proclamait ensuite le bandeau clignotant.

Isabelle Pélissier et Laurent Salent entretinrent les interrogations des fans de l'émission, ainsi que celles des journalistes, l'un n'allant pas sans l'autre, en donnant de multiples interviews. Ils ne lâchèrent aucun nom. On en proposa des dizaines. Un seul journaliste, Hervé Mangouste, du magazine *Trésor*, proposa le nom de Louis Raphaël, sans trop y croire néanmoins. On tenta, vainement, de cuisiner Lina et Titouan. Lina, surtout, car on la jugeait plus faible, plus émotive, plus influençable, ce qui était tout à fait faux. Mais on ne peut pas demander à des gens payés pour juger sur les apparences de creuser un peu les personnalités.

Les deux candidats restèrent muets pour la simple et bonne raison que Salin ne leur avait rien appris au sujet de la décision finale de Raphaël. Après leur entrevue au bar de l'hôtel, ils étaient partis au studio et n'avaient plus jamais entendu la moindre information à ce sujet.

Ils verraient donc, comme tous les téléspectateurs.

Il n'y avait bien que Julie, la mère de Titouan, pour se mettre une pression énorme à quelques heures du direct.

PISTE 4

Lorsque son fils lui avait raconté ce début d'après-midi à l'hôtel Raphaël en compagnie du chanteur retiré, elle s'était trouvée mal, à quelques spasmes seulement de s'évanouir pour de bon. Lorsqu'elle revint à elle, elle demanda la teneur de la conversation dans le détail, avant de s'enfermer pour réfléchir à la situation.

— Si Salin parvient à le convaincre de devenir le second coach de Vibrato, admit-elle, je veux bien aller lui baiser les pieds…

Du reste, elle était persuadée que son fils serait choisi par le public pour faire duo avec celui qui, selon elle, était le compositeur le plus doué de la seconde partie du xxe siècle, un musicien et poète hors norme, tout à fait génial. Dans leur suite d'hôtel, Julie déployait devant Titouan, et quelques fois même sans honte devant Lina, ses arguments qui faisait la formation du duo d'hommes une certitude absolue.

— Tout d'abord, vous avez ce côté d'enfant prodige, vous jouez du piano tous les deux, la musique est en vous, et tu as en toi, Titouan, une grande force de caractère et une appétence pour la provocation qui ne demande qu'à se développer avec l'âge…

Lorsque Julie était lancée ainsi, ses yeux ressemblaient à des flashs, elle se montrait comme possédée par quelque esprit. Elle faisait presque peur.

Toutefois, Lina approuvait : le choix déjà entériné par Julie lui allait fort bien. Lina pensait se sentir plus à l'aise, durant les prochaines semaines, en compagnie de la douce Jade, plutôt que de l'imprévisible Louis. Mais elle respecterait évidemment l'avis du public. Tant qu'on la laissait chanter…

Le samedi soir arriva. Dans les coulisses, c'était l'effervescence. Sur la porte de la loge du coach mystère, on ne trouvait aucun nom. La mère de Titouan, très étrangement, avait décidé de rester dans la loge de son fils. Elle trépignait, elle avait hâte. Si c'était Raphaël, alors le public devait voter pour qu'il chante avec son fils. Elle s'apprêtait, dès le début des votes, si la présence du chanteur se confirmait, à mener une campagne intense sur les réseaux sociaux de Titouan : ses comptes Facebook, TikTok et Instagram. Il fallait que ça pulse, que ça envoie du bois !

Pour la première fois, Lina avait accepté de se vêtir d'une longue robe violette pailletée, dessinée par un grand couturier, qui lui seyait formidablement. Titouan avait troqué ses sempiternels veste et pantalon en jean pour un costume noir et une chemise blanche, parfaite tenue d'apparat en la circonstance.

Salin portait un costume mauve tandis que Jade Jaeckin, lorsqu'elle fit son entrée en scène, souleva les applaudissements de la salle avec sa robe courte faite de petits carrés dorés mais surtout de son large sourire et de son enthousiasme jamais démenti.

— Je suis fière et honorée de faire partie de l'aventure Vibrato !

Salin l'embrassa. Titouan fit de même. Lina se força un peu.

La soirée était lancée mais il restait à annoncer la surprise que le nombre démentiel de téléspectateurs de cette soirée – la production attendait le double de l'audience habituelle – attendait.

L'animateur se plaça donc au milieu de la scène et demanda au batteur du groupe un gros roulement de tambour.

— Mesdames, Messieurs, chers candidats, je vous demande d'accueillir avec les honneurs dus à son rang d'immense star de la chanson…

Il avait hurlé et perdit trois octaves avant de continuer :

— … Monsieur Louis Raphaël !

Le chanteur arriva de son pas nonchalant, tenant son micro avec négligence. Étrangement, Raphaël portait un costume semblable à celui de Titouan. La différence était qu'il avait relevé le col de sa chemise à la verticale et que celui-ci dépassait donc de sa veste. Une originalité propre à cet original.

Lorsque Salin demanda à Louis Raphaël pourquoi il avait accepté de rejoindre Vibrato, ce dernier désigna de son index tendu Jade, puis Lina, et enfin Titouan.

— Mais encore ? dit Salin.

— *No comment*, répondit le chanteur, en souriant.

Le public rit puis applaudit. Lorsqu'il était assis, il tenait son micro comme il aurait tenu, jadis, une cigarette.

La soirée fut splendide. Les chansons, les orchestrations, les chorégraphies. La production avait mis le paquet sur les lumières.

Il y eut un moment étrange où Titouan et deux rappeurs en vogue reprirent, version rap, *Singin' in the Rain,* la chanson-titre du célèbre film musical. Lina reprit *Rouge profond,* un des grands succès de Jade, tout d'abord en duo avec elle, puis *a capella* à la fin, ce qui fit pleurer la première interprète de la chanson ainsi que son compositeur-parolier, Louis.

— Elle a un vibrato exceptionnel, la gamine, commenta Louis. Et lui, là, le beau gosse, le grand dadais, il est en avance sur tout le monde…

Les votes étaient ouverts depuis la première coupure publicitaire. En coulisses, Isabelle, la coproductrice, se rendait souvent auprès de maître Roth, l'huissier de justice qui contrôlait la procédure.

Le verdict arriva à 23 h 16 très précisément par l'intermédiaire de l'homme de loi qui arriva sur la scène, une enveloppe blanche à la main.

— En dix ans de Vibrato, Maître Roth m'a avoué qu'il n'avait jamais vu un score aussi serré, précisa l'animateur, qui, malgré la couche de fond de teint, avait le front luisant.

Il ouvrit l'enveloppe. Les deux candidats le fixaient intensément. Jade les enlaçait, tandis que Louis, un peu à l'écart, avait pris son ancienne compagne par la main et faisait tourner la pointe de son mocassin droit sur le sol, l'air gourmand.

— Vous avez plébiscité, chers amis, les duos… Lina-Louis Raphaël et Titouan-Jade Jaeckin ! Que la fête continue !

Dans la loge de Titouan, sa mère explosa de rage. Elle lança sur le grand miroir son smartphone, pourtant si cher à son cœur. Le miroir se brisa et le téléphone explosa littéralement sous l'impact.

Sur la scène, des paillettes argentées furent lâchées depuis les hauteurs.

Jade félicita son ex-compagnon avant d'aller embrasser Titouan avec une joie profonde. Salin annonça les futures étapes et fixa le prochain rendez-vous, dès lundi, 18 heures, pour la première apparition des duos.

— Ne manquez ça sous aucun prétexte ! ordonna-t-il aux spectateurs.

Louis Raphaël de son côté, venait de prendre Lina dans ses bras. Il souriait avec sincérité.

Pour la première fois depuis quinze ans, et sans en expliquer vraiment la raison, il était heureux, tout simplement.

PISTE 5

Requiem pour un con

(instrumental)

Ma première erreur…

Au cours de ma vie, je me suis toujours dit que le plus grand luxe était de se permettre d'avoir le choix, de ne jamais rien se laisser imposer, coûte que coûte, vaille que vaille. Avoir le choix de ses amours, de son orientation professionnelle, de ses amitiés et de ses haines. N'est-ce pas la meilleure définition de ce que peut être un homme libre ?

Mais je me rends compte de ma faiblesse en cet instant. Les vrais responsables de cette tragédie ? Ma soif de réussite, de célébrité, cette course effrénée vers toujours plus – de gloire, d'argent, de ces plaisirs faciles réservés à une élite…

Je pensais avoir le choix, être le maître du jeu. Je me rends bien compte, à cet instant, que je n'étais le maître de rien. J'étais plutôt une sorte de victime consentante, mais qui ne disait rien tant qu'il était possible d'avancer sans souffrir.

Maintenant, je n'ai d'autre choix que de fuir.

Mon épaule n'en finit plus de me brûler. La blessure s'élargit à vue d'œil, à chacune de mes enjambées. Je retiens des exclamations de douleur, pour ne pas donner quelques indications à mon bourreau.

Il ricane, là. Je l'entends ricaner. Un rire de crécelle, sardonique, affreux… Pourquoi rit-il ? Est-ce que cela l'amuse vraiment de tuer un de ses semblables ?

Moi je n'ai jamais tué.

Mais j'ai blessé.

Trop.

J'ai obliqué vers le champ et le petit bois est juste devant moi. Je m'y engouffre enfin. Mon corps souhaite lâcher prise, mes jambes tremblent mais je sais bien que si je tombe à terre, tout est fini, je ne trouverai jamais la force pour me relever. Et alors il arrivera. Il posera l'extrémité glacée du canon sur mon front, ou une de mes tempes. Et il tirera. Aura-t-il au moins la capacité de tuer de sang-froid ? Je l'ignore. Mais je ne peux prendre ce risque.

Tout avait pourtant si bien commencé. Je ressentais une insondable fierté à avoir réussi à convaincre Louis et à réunir à l'écran ce couple toujours mythique. Isabelle ne caquetait plus, elle me lançait des regards presque torves, d'où je lisais une sorte d'admiration précaire. Les dirigeants de la chaîne me susurraient des mots doux à l'oreille, me promettaient monts et merveilles pour la suite de la saison et d'éventuels autres contrats. « Bienvenue dans la famille, cher Laurent. » Dans la rue, je me promenais le front haut, le menton pointant vers l'avant, en conquérant.

Rien à voir avec l'épave qui se traîne en ahanant dans ce fichu bois.

Maître Roth, monsieur l'huissier d'injustice… Ne penses-tu pas que tu pourrais, toi aussi, venir courir à mes côtés, une épaule en sang, déchiquetée ? Que tu ne mérites pas une balle à ton tour ? Tu pourras toujours dire que tu as agi sur ordre pour entériner le premier trucage de la partie, le premier trucage en dix saisons de Vibrato, n'ayons pas honte de le dire…

Que serait-il advenu de l'émission, et surtout de nous, si, comme Titouan le souhaitait, Raphaël avait été son coach ? Utopie.

Je m'enfonce à travers l'épaisseur obscure. Sa voix me hurle dessus. Il avoue ne pas courir assez vite, mais de le faire en toute conscience, intentionnellement, afin de me faire souffrir, de me mettre dans la position de la bête traquée. Il m'accuse d'avoir fait trop de mal, partout, d'avoir tout truqué, depuis le début, et que c'est impardonnable de son point de vue. J'ai gâché le rendez-vous d'une vie, résume la voix, avant de repartir d'un rire qui ressemble à une toux.

Les arbres sont hauts, les arbustes bas et aux feuillages encore denses malgré la saison. C'était un peu comme si ce bois avait poussé ici pour moi, pour que je tente de me cacher dans ce labyrinthe végétal, sans grand espoir de trouver un recoin inaccessible pour mon bourreau. Des branches me giflent le visage. Je protège ma plaie en y posant ma paume. Je sens mes veines pulser, un liquide brûlant couler en rigoles dans les lignes de ma main.

Laquelle est-ce, déjà, celle de vie ? Et celle de chance ?

Depuis le coup de feu, je n'ai pas eu l'occasion de discuter avec la personne qui veut ma mort. Peut-être dois-je tenter le coup ? M'arrêter, tout simplement, lutter pour rester debout, me hisser, même, et parlementer.

Mais n'est-ce pas là le réflexe de celui qui se croit encore supérieur à tout, qui ne doute jamais de parvenir à ses fins ? L'enjôleur, le séducteur à qui rien ni personne ne résiste.

Comment la belle mécanique que j'avais si joliment mise en place a pu se dérégler à ce point ? Et pourquoi n'ai-je pas veillé, dès les premiers signes, à tenter de couper le courant, l'alimentation ? La réponse n'est pas compliquée à trouver, Laurent : parce que tu prenais ton pied. Parce que tu n'allais pas arrêter l'émission Vibrato, qui, jour après jour, voyait ses audiences décoller comme jamais.

Mais alors, pourquoi, quand tu as décelé les premiers indices qui laissaient entrevoir le désastre à venir, n'as-tu pas tenté de mettre au moins un peu de fluidifiant ?

Un peu d'huile pour éviter l'anesthésiant et les points de suture ? Dans le meilleur des cas… Sinon, ce sera pour toi formol aux pompes funèbres et encens à l'église…

Anastasia sera-t-elle là, pour se recueillir devant mon cercueil ? Comment sera-t-elle habillée ? Et Isabelle ? En rang avec tous les autres faux-culs, les pathétiques petits hâbleurs mondains qui ont fait de moi ce que je suis ?

L'heure n'est pas au bilan. Il faut tout faire pour survivre, non ?

Tiens, étrange… Je n'entends plus rien. Est-ce qu'il a perdu ma trace ? Non, j'ai la drôle de sensation d'avoir comme un bouchon en ouate dans mes oreilles, contre mes tympans. La fatigue, la douleur… Elles vont bientôt commencer, ces deux-là, complices, à me priver de mes sens. Je ralentis, je jette un regard derrière moi. Tout est brouillé. Je plisse les yeux pour tenter de composer une vue nette. J'ai l'impression d'être seul.

Alors, je continue ! Il y a forcément, dans ce foutu coin de campagne normande, une habitation quelque part, non ? On peut toujours y croire puisqu'il ne reste que cela.

Je lève la tête car, à travers une trouée, un cercle où les branches ne s'enchevêtrent pas, je parviens à discerner la lune. J'ai l'impression d'y distinguer deux yeux, une bouche, un nez… Le visage vraiment innocent de Jade…

Les sons me reviennent. Mon bourreau est toujours à mes trousses.

Tout le monde connaît cet aphorisme de Nietzsche. « Ce qui ne me tue pas me rend plus fort. » La marque des grands de ce monde, les vrais. Résumer en peu de mots une pensée universelle. Exactement l'inverse de mon métier, qui consiste à étendre en logorrhée ce qui n'a pas même besoin d'être énoncé.

Une pensée me traverse l'esprit à la vitesse de cette balle de revolver qui, je l'espère, ne le fera jamais.

« Ce qui me rend plus fort ne me tue pas. » L'inverse marche également, non ?

Vibrato ne me tuera donc pas. Je dois poursuivre.

♫

PISTE 6

Sous le soleil exactement

Louis Raphaël accueillit Lina dans son manoir normand dès le lendemain de l'émission. Le chanteur scella un pacte avec la production : puisqu'il n'existait aucun hôtel décent tout près de son havre de paix, il allait accueillir Lina chez lui durant la semaine. Des allers-retours depuis Paris étaient inenvisageables sur une base quotidienne. Titouan, de son côté, n'avait pas ce souci : Jade Jaeckin habitait un appartement parisien, situé rue de Médicis.

Si Lina se montra réticente sans réellement le dire – mais il suffisait de savoir lire sur son visage, ce que Raphaël adorait faire –, elle accepta avec joie lorsque son coach l'emmena visiter une maisonnette au toit de chaume, qui se situait sur le domaine, à cinq minutes à pied de la maison principale, attenante à un étang où flottaient de nombreux nénuphars et de rares canards. C'était son atelier d'artiste que Louis était en train de faire évoluer pour le transformer en studio d'enregistrement. Au rez-de-chaussée, entre les pots de peinture, les bacs à plâtre et les truelles, on trouvait des centaines de peintures. Mais toutes les toiles étaient tournées vers le mur.

— Ne t'avise pas d'en retourner une, l'arrêta Raphaël, d'un ton qui se voulait sévère. La direction te l'interdit.

Le pavillon comprenait un étage où se trouvaient une chambre confortable ainsi qu'une salle de bains. Ainsi, en dehors de leurs sessions de travail, Lina aura sa parfaite indépendance.

Le domaine de Cresseveuille se situait dans les terres, en pleine campagne, quasiment au centre d'un triangle dont les extrémités serraient Cabourg, Trouville et Lisieux, loin surtout de Deauville la clinquante, que l'artiste abhorrait autant que Paris à présent. Il avait adoré ces deux villes, jadis, mais elles avaient changé. Ou bien peut-être, surtout, était-ce lui qui avait changé… Lorsqu'il fit visiter son antre à Lina, il lui avoua avec un grand sourire qu'il avait, à la grande époque, perdu au casino de Deauville peut-être de quoi acheter toutes les gentilhommières entre la côte et Cresseveuille. Il avait toujours été comme cela, Louis : il faisait tout dans l'excès, ou bien ne faisait pas.

À présent, il s'était donc retiré dans ce domaine de cinq hectares, comprenant une grande maison principale, typique de la maison normande, avec toit en chaume et colombages. Elle comptait douze pièces, dont une immense au rez-de-chaussée dans laquelle il avait installé son piano à queue. Il s'agissait de l'endroit où il passait le plus de temps avec sa bibliothèque qui contenait plus de cinq mille volumes, majoritairement de la poésie.

— Voici mes nouveaux amis, annonça-t-il en y faisant entrer sa protégée. Lorsque j'y viens, c'est un peu comme quand j'allais dans les bars, avant… Je me sociabilise…

À l'étage, tous les murs étaient violets. Là encore, il crut bon de s'expliquer lors du tour du propriétaire :

— À l'époque, dans mon ancienne maison rue de Verneuil, tout était peint en noir… Mais là, c'est fini… Mais le blanc, j'ai ça en horreur… Ça ne veut rien dire, le blanc, ça ne devrait même pas exister… Alors j'ai adouci le noir et ça donne du violet…

Au sous-sol, Louis Raphaël avait fait installer une salle de cinéma, avec un grand écran blanc et de véritables sièges, rachetés dans un vieux cinéma de Dieppe, qui avait mis la clef sous la porte.

Les jardins étaient immenses et s'étalaient à perte de vue. Il y avait même un petit bout de bois touffu, tout à l'arrière de la propriété. Le précédent propriétaire – un banquier parisien – avait fait construire un petit complexe sportif. À une centaine de mètres à l'ouest du manoir, on pouvait trouver deux courts de tennis en terre battue, une piscine de vingt-cinq mètres de longueur ainsi qu'un boulodrome.

— Il est d'ailleurs mort lors d'un match, tint à préciser le nouvel occupant des lieux. Non pas d'avoir trop appuyé ses revers, je te rassure, mais parce qu'il avait l'habitude de tracer des lignes sur sa table basse de la même couleur que celle du court…

Aujourd'hui, la piscine était vide, ses joints mangés par la moisissure, et les courts de tennis recouverts de lichens et de mauvaises herbes.

Raphaël vivait seul dans son manoir. Une compagnie venait, une fois par semaine, faire le ménage et livrer quelques courses afin que l'ermite se nourrisse. Lorsqu'il recevait sa fille ou sa petite-fille, il lui suffisait de passer un coup de fil – il détestait envoyer des messages – et ajuster la liste en conséquence.

VIBRATO

Le jour de la visite, cet après-midi du début septembre où Lina s'installa au domaine, il faisait beau et chaud. Un délicieux soleil enflammait les grandes étendues de pelouse de part et d'autre de la maison. Pendant ce tour du propriétaire, les équipes techniques de Vibrato s'affairaient au rez-de-chaussée de la gentilhommière pour installer les caméras et les micros. Ils le firent avec une grande délicatesse, sans rien chambouler, et les dispositifs étaient si discrets que Louis et Lina notèrent à peine leur présence, à leur retour. Une petite régie avait été installée dans un cabinet de travail que Louis n'utilisait pas. Un technicien y viendrait le matin avant de se retirer le soir.

— Il va tout de même falloir faire attention à ce qu'on se dit, ajouta le chanteur.

Dès le lendemain, les sessions commencèrent, et la captation avec. Pour les prochaines émissions du samedi en direct, la production leur avait demandé de préparer, pour des duos, une reprise d'une chanson de Louis, ainsi qu'un titre, au choix là aussi, du groupe Nirvana. Enfin, Lina devait chanter seule un morceau de Jade et Louis une chanson de son choix. En découvrant cette dernière consigne, Louis secoua la tête et jeta les feuilles de la production derrière lui :

— Font chier. Je n'ai pas signé pour chanter seul.

Il se lança alors dans une vive improvisation au piano.

La réaction de Raphaël fut enregistrée et diffusée le lendemain à 18 heures. Elle devint aussitôt virale sur Internet et reprise dans des centaines de vidéos sur les réseaux sociaux. Une image GIF fut même créée avec son « Font chier ». On le voyait balancer les feuilles et il était possible de lire son dépit sur ses lèvres.

PISTE 6

Bien évidemment, Titouan et Jade avaient reçu les mêmes consignes.

Ils se mirent alors à répéter, à collaborer. Ce fut un réel plaisir de part et d'autre. Louis trouva Lina timide, mais ce n'était qu'en apparence. La jeune fille de seize ans se montrait très économe de sa parole, de ses réactions même, mais lorsqu'il chercha à la titiller un peu, à la pousser dans ses retranchements en lui faisant refaire plusieurs fois un couplet, elle ne se laissa pas manœuvrer et défendit sa position. Et lorsque l'intransigeance de son coach se transformait en mauvaise foi caractérisée, elle prétextait un coup de fatigue, ou une autre raison, pour demander une pause et quitter le salon pendant une petite heure au minimum.

— Tu étais partie bouder ? demanda Louis, lors de la première interruption.

Lina l'avait transpercé du regard. Il en avait eu un mouvement de recul, suivi d'un sourire en coin.

— Oui, avoua-t-elle.

Son instinct lui avait soufflé de dire la vérité.

— Je n'ai pas aimé cette façon que tu as de me parler. Tu es trop directif.

— Je l'ai toujours été. Je ne sais pas si je suis capable de changer.

— Moi, ça ne me convient pas.

— Cette nouvelle génération, soupira Louis.

Il se leva et fit une fois le tour de son piano, en titubant presque.

— Enfin ça a du bon, dit-il, en se rasseyant. Avant, mes chanteuses n'auraient jamais admis me faire la gueule. À juste titre d'ailleurs. Pourquoi ? J'ai souvent été odieux, tu sais… À cause de l'alcool, du reste… Enfin, à cause de moi, en somme…

Il fit quelques notes sur le piano, l'introduction d'une de ses anciennes compositions que Lina trouva très mélodieuse. Elle se lança :

— Sous aucun prétexte je ne veux avoir des réflexes malheureux, il faut que tu m'expliques un peu mieux comment chanter à deux…

Louis s'arrêta et sourit à la jeune chanteuse.

— Je te donne une mission et je te supplie de l'accepter : si je continue à me comporter en vieux con, tu continues à me laisser en plan. Là. Tu retournes dans ta piaule. Et tu me laisses à ma foutue misanthropie.

Il reprit sa mélodie aussitôt, guettant, du coin de l'œil, une réaction de Lina. Elle n'en eut aucune et il n'en fut pas fâché. Il se doutait que la gamine continuerait à agir comme elle l'entendait.

Une forte complicité s'instaura rapidement entre eux. S'ils se consacraient, comme il en avait toujours été question, à la préparation de l'émission durant la journée, et ce jusqu'à l'émission de 18 heures où ils passaient parfois en direct, leur promiscuité du soir leur permettait d'échanger sur des sujets plus intimes. Louis s'était mis à refaire la cuisine et il préparait notamment de très bonnes soles meunières qu'il faisait venir d'un poissonnier de Trouville.

Le mercredi soir, le chanteur insista pour qu'ils reviennent autour du piano après le dîner, sans l'œil des caméras. Lina s'aperçut que Louis avait posé un petit cadre sur la réglette de l'instrument. Il s'y trouvait une photo de Chopin fixant l'objectif avec ce qui pouvait s'apparenter à de la sévérité. Elle ne dit rien de sa découverte, de ce curieux changement. Mais, tandis qu'ils répétaient, son regard revenait toujours au portrait du compositeur. À présent, elle avait l'impression qu'ils étaient trois dans la pièce, et cela provoqua en elle une bouffée de tristesse. À la fin d'un morceau, elle signifia d'un geste qu'elle souhaitait faire une pause. Lina ne quitta pas le salon et alla simplement s'asseoir sur le canapé.

— Tu es toute triste… murmura Louis.

Elle ne dit rien à propos de Chopin.

— Je ne sais pas… C'est que… Je me dis que je n'ai pas l'occasion de partager un peu de mon succès avec mes proches… Il y a Titouan et toi… Samia… Mes camarades de foyer et ceux de la chorale, on s'appelle de temps en temps… Mais ça ne remplacera jamais une famille. Des sentiments au long cours, forgés par tous les événements d'une vie partagée…

Louis se mit aussitôt à renifler.

— Je comprends ta peine, tu sais. J'ai eu des amis, mais je m'en suis séparé sans mal…

Le chanteur se mit à passer la pulpe de son index tout autour de la photo du génial compositeur.

— Quand on n'a pas de famille, ou qu'elle nous lâche, il faut savoir compter ses fidèles… Tiens, celui-là par exemple, je l'aime d'amour, même s'il m'adresse cet air sévère depuis mon enfance, depuis qu'il veille sur mes notes. Puisque je ne jouais plus, j'avais remisé le portrait au grenier…

Puis il pleura très franchement, des larmes coulant sans bruit sur ses joues. Il les essuya aussitôt.

— Excuse-moi, dit-il. J'aurai passé ma vie à vouloir être à la hauteur de son génie sans en avoir la moindre opportunité… Tu as vu, Melody ? Tu observes son regard sans équivoque à mon encontre… C'est celui du maître déçu par son élève…

Il se pencha vers la jeune fille qui n'avait pu retenir ses larmes et tenta, maladroitement, de les faire remonter vers les paupières de Lina.

— On dit que les bâillements sont communicatifs, on oublie souvent que le rire et les larmes aussi…

— On ne devrait pas pouvoir souffrir d'un regard, continua Lina, et être en mesure de le fuir, avant qu'il ne se sauve…

— Comme le bonheur… murmura le chanteur.

Cet épisode scella entre eux une forte connivence. Ils s'admirent, à cet instant, dans la communauté de pensée de l'autre.

Lina demanda à Louis de lui en raconter un peu plus sur son passé. C'était la première fois depuis leur rencontre qu'elle lui adressait une requête.

— À la bonne heure ! s'enthousiasma-t-il.

Et, pour répondre à sa demande, il lui fit écouter ses deux albums qui, selon lui, étaient les plus réussis, dont le fameux *La Promenade de Melody.* Parce qu'une fois assemblées, les chansons racontaient une histoire : celle d'une jeune fille, amoureuse du chant, qui débarquait dans la grande ville dans l'espoir de se faire une place au soleil. Malheureusement, et puisque cela se voulait tragique, elle ne parvenait guère à percer, victime de plusieurs aigrefins, et retournait dans sa campagne, déprimée comme jamais. Les mélodies étaient sublimes et Lina trouva que la voix de Louis, lorsqu'il chantait, était encore plus douce que lorsqu'il parlait.

Sur les écrans, les téléspectateurs adorèrent cette complicité. Elle apparaissait aussi entre Titouan et Jade, mais elle semblait plus professionnelle, plus circonstanciée. Là, dans le manoir de Normandie, il y avait une strate supplémentaire, quelque chose d'indicible qui liait ces deux êtres, ces deux âmes. D'ailleurs, et ce fut une réflexion qui tourna en boucle sur les réseaux sociaux, il arrivait à Lina et Louis de ne pas se parler pendant plusieurs heures, de faire des sessions entières faites de notes et de chansons. Ils n'avaient pas besoin de bavarder pour meubler l'espace-temps.

Louis était ravi. Chaque soir, à la suite du dîner, et après s'être assuré que les caméras étaient bien éteintes, il s'ouvrait à Lina et lui racontait un moment de sa vie. Sa protégée rit aux éclats lorsqu'il mit en scène sa première rencontre avec Jade, dans un restaurant, entouré d'amis communs. Lui venait de se faire larguer par une actrice de cinéma qu'il avait follement aimée. Une beauté qui avait accepté de coucher avec lui, probablement par pitié, disait-il encore. À table, Jade avait mal saisi son nom et n'arrêtait pas de l'appeler Monsieur Ramatuelle, du nom de ce village du sud de la France, près de Saint-Tropez, où descendaient les grandes stars, l'été. Il lui avait murmuré à l'oreille les rimes les plus audacieuses de ses premières chansons, quelques images osées, et elle, qui venait de divorcer douloureusement d'un musicien qui la violentait, avait trouvé cela charmant, même si elle ne comprenait qu'un mot sur dix.

À la sortie du dîner, Louis s'était jeté dans les eaux glacées de la Seine, rien que pour impressionner la jeune Anglaise. Après cette soirée, ils ne s'étaient plus quittés pendant vingt ans et avaient eu une fille, en plus du petit garçon que Jade avait déjà et que Louis éleva comme son propre fils.

Au sujet des confidences, c'était du donnant-donnant. Louis réclamait que Lina lui dévoile une part de son mystère, mais la jeune fille n'avait pas encore beaucoup vécu. Une biographie de Louis Raphaël, c'était au bas mot un millier de pages, et encore, elle n'était pas définitive. La vie de Lina devait tenir sur quoi, deux ou trois feuillets ?

— Tu as envie de gagner Vibrato, Melody ? demanda alors le chanteur.

Il l'avait surnommée Melody, comme ça, et il ne se reprit pas, parce qu'il trouvait que ce surnom lui allait bien.

— Oui, bafouilla Lina. Enfin, j'aimerais bien. Mais Titouan aussi mérite de gagner.

— Tu as raison. Jade aussi mérite de remporter le concours, et, pourtant, j'aimerais bien que ce soit nous, tu vois ? Rien n'est vraiment important, ce n'est que de la musique, et pourtant…

Il s'arrêta et planta ses yeux bleus dans ceux de Lina :

— Pourquoi aimes-tu chanter, Melody ? demanda-t-il.

Lina chercha une réponse et, puisqu'elle n'en trouva aucune satisfaisante, elle ouvrit ses bras en grand, les paumes vers le ciel.

— Heureusement que tu ne m'as pas répondu, souffla Louis. J'ai toujours trouvé ça vulgaire d'avoir à justifier une passion.

Un autre jour passa. La première émission en direct se rapprochait.

De ce qu'elle avait saisi, puis interprété, des propos de son coach, Lina avait compris que sa fin de carrière s'était décidée en quelques instants, comme sur un coup de tête, alors que rien ne prédestinait un arrêt aussi brutal, au firmament de la célébrité de Louis Raphaël. Elle demanda le récit complet, avec douceur.

— Eh bien j'ai fait deux crises cardiaques, coup sur coup. J'abusais vraiment de tout… De l'alcool, du tabac, des hommes, des femmes… Je dormais peu, mal, mon corps a lâché tout simplement. Et puis avant, il y avait eu l'incident… Tout est lié…

L'incident ? C'était justement cela que Lina voulait entendre… De quel incident s'agissait-il ?

Louis se livra avec douleur.

— Tu vas me faire reparler de « l'incident », Melody… Ouais, c'est comme ça que je l'ai toujours désigné… Putain de mot, tiens… « L'incident était un accident », on dirait le titre d'un mauvais polar, tu ne trouves pas ?

Il se mit à renifler et tapota sa veste, à la place du cœur.

— Tu n'as pas soif, Melody ?

Il se leva et ramena deux verres de citronnade très peu sucrée.

— Putain de citron, marmonna-t-il entre ses dents.

Il commença son récit :

— C'était une soirée d'hiver. On revenait de Sologne sur une petite route, une soirée de beuverie avec des amis musiciens dans la ferme de mon batteur. J'étais avec Émilie, une fille que j'avais rencontrée dans une boîte, un peu paumée, très belle, un grand talent de dessinatrice, mère d'une petite fille dont elle ne s'occupait absolument pas et qu'elle laissait toujours chez des copines… Elle était tombée amoureuse de moi, vingt ans de moins la môme, et j'étais complètement paumé… La séparation avec Jade, mes vices… On s'est mis ensemble, elle est venue vivre rue de Verneuil, elle était la seule à me supporter à l'époque… On venait de dépasser Montargis. Il pleuvait, la route était glissante… On a perdu le contrôle de la voiture à quatre-vingts à l'heure. On a glissé, glissé, et la voiture a basculé dans le fossé. Je suis sorti, j'étais amoché, le crâne ouvert sur la droite, là (il désigna une cicatrice qui, depuis, avait été recouverte par ses cheveux en pagaille), la voiture prenait feu… Je…

Il s'arrêta, termina sa citronnade.

— Émilie ne bougeait plus… Je l'ai détachée… Comme j'ai pu, j'ai tiré, tiré… Il y avait la ceinture qui l'avait retenue, qui l'avait empêchée de terminer la tête dans le pare-brise. Je suis parvenu à la sortir de la voiture et je l'ai traînée à l'écart, dans un coin d'herbe givrée. J'étais trop faible pour la porter… J'ai tout de suite vu qu'elle ne respirait plus… J'avais envie de vomir, l'émotion, l'alcool, la cigarette, le mélange… À l'époque, il y avait très peu de portables. Moi je n'en avais pas, elle si, mais impossible d'appeler avec, en pleine campagne. Je l'ai laissée là, j'ai couru jusqu'à une ferme… Les secours sont venus, il était trop tard.

Il marqua une longue pause. Lina restait devant lui, immobile, interdite.

— Je me suis fait engueuler par les pompiers. Il paraît que je l'avais sortie trop violemment de la bagnole… Mais elle prenait feu, la bagnole…

Il renifla plus fortement que d'ordinaire.

— Mon manager a tout fait pour que la nouvelle ne s'ébruite pas. Il y a eu quelques fuites, des ragots qui ont circulé dans Paris, quelques entrefilets à propos d'un accident de voiture dans lequel j'avais été impliqué mais il n'a jamais été question de la mort d'Émilie…

Lina avait envie de poser une question. Louis s'en aperçut.

— Vas-y, Melody, crache le morceau !

— Est-ce que c'était elle ou c'était toi qui conduisais ?

Louis ferma les yeux.

— Non, c'était elle. Et elle n'avait pas bu.

— Et la petite fille ? demanda Lina.

— Je n'en sais rien. Je ne m'en suis pas occupé. Je crois qu'elle a été confiée à des amis.

— Tu n'as rien fait pour la retrouver ? Tenter de savoir ce qu'elle était devenue ?

— J'étais dévasté.

Il marqua une pause.

— Ce n'est pas une excuse. Je m'en veux encore aujourd'hui.

En lui faisant cette lourde confidence, Lina était encore entrée un peu plus dans le cœur de Louis.

Le vendredi, en fin de matinée, Laurent Salin et Isabelle Pélissier débarquèrent au manoir. Ils étaient en joie. Ils avaient amené avec eux quelques articles parus au sujet du duo formé par la candidate et le coach. Raphaël ne voulait absolument pas les lire et partit faire son bagage pour le week-end à Paris. Lina les parcourut vaguement. Ils étaient tous élogieux, à l'exception d'un seul qui critiquait le choix des producteurs de Vibrato d'avoir pris deux coachs sexagénaires, ce qui allait forcément nuire au succès de l'émission auprès des jeunes.

Mais Salin apporta un démenti catégorique :

— Ce type n'a rien compris ! Justement ! La présence de Louis et de Jade booste particulièrement notre audience auprès des personnes de plus de cinquante ans, ce qui permet à Vibrato de devenir un programme réellement familial, qui touche toutes les tranches d'âges ! Les jeunes vous suivent vous, Titouan et toi, leurs grands-parents ont l'impression de retrouver de vieux copains, et les parents accompagnent la danse…

Ou plutôt les chants.

— Les audiences de la quotidienne ont explosé ! s'enthousiasma Isabelle. On a fait un montage de vos vocalises matinales avec Louis et c'est en ce moment la vidéo la plus vue sur le site de la chaîne…

— Prêts pour le grand show ? demanda Salin, qui, à en juger par son sourire et son attitude, l'était particulièrement.

Dans les studios d'Aubervilliers, Lina retrouva Titouan avec une joie infinie. Les deux candidats – qui se voyaient parfois par l'intermédiaire des quotidiennes – se jetèrent dans les bras l'un de l'autre et prirent une bonne heure dans la loge de Lina pour se raconter leur semaine en avalant des billes en chocolat et des fruits secs.

Jade et Louis se retrouvèrent aussi avec bonheur.

Entre deux répétitions, Titouan prit le temps de parler à sa camarade de son amitié naissante avec sa coach.

— C'est vraiment une belle personne, dit-il. Et je crois qu'elle est encore amoureuse de Louis, tu sais… C'est ce que je ressens, lorsqu'elle me parle de lui.

Lina trouva que Titouan avait la voix fatiguée.

— Jade m'épuise avec ses exercices, rit-il. Et toi, Lina, avec Louis, tout se passe bien ?

— Ne m'appelle plus Lina, sourit la jeune femme.

— Ah oui ? Comment ça ?

— Il m'a surnommée Melody.

— Ça te va mieux que « Papillon de nuit ».

— Beurk… Un insecte… Même si ça peut être joli un papillon de nuit…

Titouan prit Lina dans ses bras et la serra fort. La chanteuse accentua l'étreinte de son côté.

— Je suis si heureux de vivre ces moments avec toi, souffla le jeune Breton. Tu sais, je n'en veux pas au public de t'avoir mise avec Louis. Ma mère, elle, est toujours folle de jalousie, et depuis elle ne veut même plus parler à Salin, ni à personne d'ailleurs.

En effet, nota Lina. Julie n'était plus dans les parages de son fils, ce qui était plutôt inédit.

Le soir, Lina accepta de le recevoir dans sa suite, s'il jurait de ne rien répéter de ses confidences à sa mère, justement. Et elle lui raconta tout, jusqu'à « l'incident ».

La première émission en direct obtint une des meilleures audiences de toute l'histoire de Vibrato. La complicité des duos était palpable. On sentait le plaisir de chanter ensemble, et de chanter tout court, par-dessus tout.

Jade et Louis se retrouvaient sous ces projecteurs dont ils n'avaient plus vraiment l'habitude – surtout le chanteur – mais ils prirent du plaisir à ne jouer que les seconds rôles. Lina et Titouan étaient bien plus acclamés qu'eux et leur volaient haut la main la vedette.

VIBRATO

Tout allait donc pour le mieux dans le meilleur des mondes.

La semaine suivante, les audiences des émissions quotidiennes enregistrèrent une augmentation de plus de trente pour cent, ce qui était colossal, jamais vu même, d'une semaine sur l'autre.

Cette dixième saison de Vibrato était un vrai succès. Et grâce à qui ?

— À moi, évidemment, répétait Laurent Salin à qui voulait bien l'entendre.

D'ailleurs, il n'avait pas délivré sa dernière idée pour monter plus haut encore, jusqu'au firmament de l'audimat.

Tout bascula pourtant le jeudi suivant. Les nuages arrivèrent au-dessus d'eux, en masse, lourds et gris, presque noirs.

♫

PISTE 7

L'aquoiboniste

Les nuages furent apportés au-dessus du manoir normand non par une quelconque dépression atmosphérique, mais par la page d'accueil du site du quotidien *La Victoire*, un journal qui se vendait de moins en moins et qui cherchait le plus souvent à faire des scoops pour se relancer.

Ce soir-là, Lina avait reçu deux textos de Titouan, à quelques secondes d'intervalle seulement.

Le premier contenait le lien html qui menait au site du journal.

Le second « ? ? ? ? ? ? ? ? ? ? ? ? ? ».

La jeune chanteuse posa son index déjà tremblant sur le lien. Une page se composa alors sur son navigateur.

Elle vit d'abord la photo. Son coach, bien plus jeune, sur le bord d'une route. Il fait nuit. Il est accroupi sur la route humide. Il montre son poing à un gendarme. À sa gauche, une voiture à moitié calcinée. La photo a été prise grâce à un flash. Tout est trop lumineux, presque aveuglant.

Cette image la choque. Elle ne veut pas lire la suite.

Mais elle lit.

LE SOMBRE SECRET DE LOUIS RAPHAËL

Ivre, il cause un accident mortel en 2007, puis fait tout pour étouffer l'affaire !

Lina cria. Elle voulut se débarrasser de son smartphone qui lui brûlait les yeux, les mains. Son coach arriva à cet instant.

— C'est quoi ? demanda le chanteur. Qu'est-ce qui peut bien te mettre dans des états pareils, Melody ?

Elle restait immobile, l'appareil brandi au-devant d'elle. Il s'avança et le lui prit des mains. Il vit la photo, lut le titre.

Le regard du chanteur se vida en un instant de toute vie. Ses yeux s'éteignirent, devenant deux étoiles mortes. À se demander si Louis Raphaël faisait encore partie des vivants.

Le lendemain matin, la curée commença sur les réseaux sociaux. L'article, qui comprenait un récit détaillé de l'accident et de ses suites, ne comportait aucune précision quant aux preuves, aux documents, aux sources dont se serait servi le journaliste pour sortir cette information à cet instant précis, tandis que Louis Raphaël avait accepté de faire son retour parmi le monde et la société.

Ce fut cette faille qui permit à Laurent Salin et Isabelle Pélissier d'attaquer très violemment l'article dans une conférence de presse, montée en hâte dans les bureaux de leur société de production.

Salin s'était entretenu avec Raphaël et avait senti le chanteur comme étrangement peu impliqué par ce qu'il lui arrivait.

— Ne vous inquiétez pas, Louis, je vais frapper fort ! avait assuré l'homme de télé.

Pour faire bonne figure, ils avaient invité Mercier, le directeur des programmes de la chaîne. Ils se demandèrent un temps si Louis et Jade devaient se montrer à leurs côtés, et même Lina et Titouan, mais abandonnèrent vite l'idée. Il y avait, de toutes les manières, peu de chance que le chanteur et son ex-compagne acceptent de se retrouver si vite devant un tel public.

— Cet article est un tissu de calomnies ! plaida avec force Salin, remonté comme jamais.

Il en faisait des tonnes, des moulinets avec ses bras, des battements de paupières continus.

— Il est hautement regrettable de faire vivre à une de nos plus grandes vedettes ce genre d'épisode alors qu'il avait accepté de revenir sous les projecteurs pour aider la jeune génération ! Les années passent, les méthodes restent les mêmes !

Les journalistes s'acharnaient à poser des questions à propos de l'accident tandis que les deux producteurs ne possédaient aucune des réponses. Ce qui était le plus commenté sur les réseaux n'était pas le fait que Louis Raphaël, ivre mort, se trouvait au volant de la voiture, mais bien son attitude après la mort de sa compagne du moment, et son désintérêt total pour la petite fille. Dans l'article, un des rédacteurs avait exhumé une citation du chanteur, bien évidemment sans être capable de rien prouver, où Raphaël aurait confié à son manager de l'époque : « Ce n'est pas ma fille, je n'en ai rien à carrer. »

— Que ce torchon produise des preuves ! martelait Salin, avec emphase, ou bien nous attaquerons en diffamation.

Isabelle s'efforçait de calmer le jeu en se montrant plus calme, plus circonstanciée, répondant avec calme et pondération aux questions, à l'inverse de son acolyte qui termina par éructer ses mots.

La conférence de presse eut immédiatement un grand retentissement. On vit Laurent Salin partout sur la Toile. Les fans de Louis Raphaël, ceux qui le défendaient coûte que coûte, faisaient du producteur un sauveur, un justicier, lui déroulant le tapis rouge de l'abnégation. De l'autre côté du spectre, on arguait qu'il défendait l'indéfendable, et qu'il ferait bien mieux de virer ce vieux schnock de Raphaël, ce vieillard qui, même s'il avait arrêté ses anciens vices, en possédait forcément de nouveaux, et de pires encore. Les commentaires étaient d'une rare violence. Ils n'hésitaient pas à insulter, à réduire à moins que rien la moralité du chanteur.

Des vidéos de sa prestation étaient reprises en boucle, accompagnées de mots ou d'expressions en surimpression sur l'écran « Justice sera faite » « Salin pour tous, tous pour Salin » « L'avocat du Diable ».

Le soir même, il fut invité à la fin du journal de 20 heures de la chaîne pour évoquer l'affaire et démentir catégoriquement ce qui se trouvait dans l'article. Il avait mis son plus beau costume et s'était rasé de près. Son bouc ne lui manquait plus, à vrai dire.

À la sortie du plateau, Isabelle l'avait félicité pour sa prestation :

— Tu étais plus mesuré que ce matin, et ça te va mieux au teint.

— Je ne m'adressais pas au même public, sourit Salin.

Ils continuèrent leur discussion dans le taxi qui les ramenait à Paris depuis Boulogne. C'était curieux mais ils n'avaient pas vraiment eu le temps d'échanger au calme depuis le début de cette tornade.

— Maintenant, il s'agit de ne pas lâcher Louis, dit Laurent Salin, et de rester sur le qui-vive vingt-quatre heures sur vingt-quatre. On doit répliquer immédiatement si des nouvelles accusations sortent mais aussi effectuer une veille sur les réseaux au cas où on diffamerait sévèrement le chanteur et, par conséquent, l'émission.

— On va mettre le service presse sur le coup.

— Ça ne suffira pas, Isabelle. Il faut demander à un prestataire extérieur d'assurer la veille. Est-ce que je peux te laisser gérer ça ?

— Tu as un rendez-vous ? Tu files en Normandie pour voir Louis ?

L'animateur secoua la tête :

— Non, ce n'est pas une bonne idée. Il sait qu'on sera plus utiles ici. Et puis il a Lina qui le rasséréna bien mieux que moi…

— Tu sais d'où peut provenir cette photo ? Ces informations ?

L'animateur balaya la question :

— Peu importe. Ne perdons pas de temps et d'énergie à chercher la source. Le mal est fait à présent. On savait que Raphaël traînait des casseroles. Celle-ci ou une autre… Reste à faire en sorte qu'elle ne fasse pas trop de bruit…

Le taxi filait le long des quais de Seine. Isabelle se redressa sur la banquette arrière. Par la fenêtre, elle distinguait la silhouette de la statue de la Liberté miniature, située à l'extrémité de l'île aux Cygnes.

— Tu veux dire que, pour toi, l'article peut dire la vérité ?

En guise de réponse, Salin se contenta d'un haussement d'épaules.

🔊

— Chante ! Chante ! Chante !

Louis Raphaël avait souvent pour coutume de répéter la même consigne – ou tout simplement le même mot – trois fois de suite pour mieux en appuyer la force.

Il se trouvait devant le clavier de son piano, Lina à sa gauche. Il jouait une nouvelle mélodie qui lui était venue tard.

— Chante, Melody ! Un octave de moins sur le refrain !

Il arrêta de promener ses mains sur les touches et les posa sur ses genoux. Raphaël sentait bien que ses paumes étaient affreusement moites. Et puis, il battait du pied droit alors qu'il n'y avait aucune véritable mesure à montrer ici.

Il avait soif. Très soif, même. Il imaginait son palais et son larynx comme les dunes du Ténéré, à midi, un jour d'été. Il aurait aimé réchauffer tout cela, oui, réchauffer plutôt que rafraîchir, n'est-ce pas ? Le bédouin seul sait que, dans le désert, un thé brûlant apporte plus de réconfort qu'un verre d'eau glacée. Et puis s'il avait pu aussi rendre vaporeux tout cela… Lâcher quelques volutes… Bon Dieu de saloperie de cirque médiatique.

Lina et lui s'étaient levés encore plus tôt que d'ordinaire. Ils avaient une folle envie de travailler, de jouer et d'entendre des notes.

Louis n'était pas parvenu à fermer l'œil. Seul au milieu de son grand lit, il avait eu la furieuse sensation de se retrouver couché dans un champ humide et froid de Sologne. Avec aucune flamme d'aucune sorte pour le réchauffer.

Alors il avait composé une chanson, dans la nuit, comme au bon vieux temps. Enfin, lorsqu'il débutait, il arrivait à en écrire huit ou neuf entre le lever de la lune et son coucher. Paroles et musique, s'il vous plaît. Un album en une nuit, et démarrage de l'enregistrement au studio le lendemain. Et dire qu'après cela, on pouvait encore douter de ses capacités…

Lina tenta, *a capella* :

Laisser derrière soi
Les choses qu'on ne dit pas
Emporter avec moi
Tes mots qui donnent le la

Louis hocha la tête et reprit la mélodie, au piano, en chantant à son tour :

S'endormir contre toi,
Des rêves en taffetas,
Ces flammes qui flamboient
Et puis tu n'es plus là…

Depuis le début de leur session, Lina s'était montrée exemplaire, concentrée à l'extrême. Elle aussi avait très mal dormi dans le petit pavillon. Ils s'étaient séparés sans avoir parlé de l'article. Et ce matin, au petit déjeuner, avant que les caméras ne tournent, ils n'avaient pas échangé un mot à ce sujet. Lina s'en voulait. C'était tout elle, ça !

Elle ne disait rien par pudeur, pour ne pas risquer de faire un faux pas. Mais que pensait son mentor de cette attitude ? Son silence pouvait passer pour de la froideur alors qu'elle brûlait de lui parler de tout ça. Pourquoi ne possédait-elle pas les codes pour décrypter la plupart des gens ? Titouan, dans cette situation, aurait su que faire. Et, surtout, l'aurait fait.

Lors d'une pause, Raphaël demanda une interruption au réalisateur. Il se rendit avec Lina dans la cuisine, s'installa au bar américain et but un grand verre d'eau, puis un autre. Il reniflait fort.

— Elle ne vaut rien, ma chanson, Melody, déplora-t-il.

— Je l'aime. Je veux la chanter au prochain prime.

Le vieux chanteur lui sourit. Il ne s'était pas rasé, cela le rajeunissait. L'adolescente se lança :

— Je suis désolée pour l'article.

— Ce n'est pas une question, ça… répondit Louis en se servant un nouveau verre d'eau.

— Pourquoi vous dites ça ?

— Tu n'as pas de question à me poser au sujet de cet article, justement. J'ai eu Jade au téléphone, et ma fille… Elles m'ont demandé des éclaircissements. Légitimes. Moi, à ta place, j'aurais cherché à en savoir plus. Ou au moins à trouver la vérité.

Puisqu'il le prenait comme ça…

— Vous étiez ivre ce soir-là ?

— Tu peux peut-être me tutoyer, Melody…

Ça n'allait pas être facile, mais elle essaya. Elle y parvint tout de même, signe qu'elle était vraiment en confiance avec le chanteur.

— Tu étais ivre ?

— Oui. J'étais ivre du matin au soir à cette époque.

— Et tu conduisais vraiment la voiture, comme il est écrit dans l'article ? Car tu m'avais dit que c'était elle.

— C'était Émilie. C'était Émilie qui était au volant. Émilie. Moi, je n'aurais même pas été capable de démarrer.

— Et sa petite fille ? Tu n'as vraiment rien fait ? Tu as vraiment dit que tu ne te sentais pas concerné ?

Là, Louis mit du temps à répondre. Dieu que sa gorge le faisait souffrir… Et maintenant son estomac… Il aurait aimé, en vérité, ingurgiter une autre substance que ce truc qui faisait rouiller le fer… Un liquide qui lui aurait permis de soulager cette douleur organique, dans un premier temps, puis qui lui aurait ensuite fait du bien à l'esprit et qui aurait dissous les petits démons qui étaient revenus danser dans son cerveau.

— À quoi bon remuer tout le passé ? Je ne me suis pas occupé de la gamine, ça non. J'étais dévasté, putain, on peut le comprendre non ? C'est interdit, ça, d'être dévasté par la mort de celle qu'on aimait ? Je ne sais pas ce qu'elle est devenue, j'étais plus bas que terre, mon manager a dû faire quelque chose… Je crois qu'il a donné du blé pour que la gamine s'en sorte un peu mieux plus tard… Et puis j'en sais rien…

Il s'arrêta, secoua la tête.

— Toujours parler, écrire pour ne rien dire, ou bien simplement pour abîmer… Remuer toujours la boue dans l'espoir d'y trouver quelque chose à même de blesser. La société du spectacle, le grand cirque médiatique, les producteurs, les managers, les journalistes, les sangsues qui se nourrissent du sang des artistes…

— Il faut démentir, Louis, raconter la vérité… Et laisser passer du temps.

— Salin va s'en charger. Moi, si je sors, je vais être comme une carcasse de bœuf que l'on plonge dans un bain rempli de piranhas… J'ai hésité à participer à Vibrato justement pour éviter ce qui vient d'arriver. Ça n'a pas manqué.

— Alors, retournons travailler, suggéra Lina.

— Cette histoire n'intéressait personne tant qu'on ne me voyait plus, tant que le Raphaël vivait dans sa grande maison à lire et à manger seul des litres de fromage blanc… Mais puisqu'il y ressort le bout de sa queue, alors il faut l'abattre…

Il mima avec ses bras et ses mains la position d'un sniper.

— Bang ! Et ce sont les journalistes de *La Victoire* qui ont appuyé sur la gâchette… Pour le premier coup, Melody… Car tout ça est bien loin de se terminer, tu peux me croire… Connais-tu l'histoire d'Écho, la nymphe des sources et des forêts dans la mythologie grecque ? Zeus lui avait donné une mission bien particulière : elle devait raconter d'interminables histoires à Héra, la femme du Dieu des dieux, pendant que celui-ci, descendu de son Olympe, allait lutiner les belles mortelles sur Terre… Quand Héra a découvert la ruse employée par son divin époux, elle est entrée dans une fureur inouïe et a puni Écho en la dépossédant de sa propre voix. Elle lui a dit : « Tu auras toujours le dernier mot, mais jamais tu ne parleras la première. » Elle a condamné la nymphe à n'être qu'une sempiternelle copie de la voix des autres.

Lina acquiesça.

— Moi, à la place d'Héra, reprit Raphaël, je lui aurais coupé les cordes vocales, la langue et les dix doigts. Pour qu'elle se taise à jamais et qu'elle ne passe pas son temps à répéter les inepties de ses contemporains… Je sais être cruel, Melody.

De cela, elle n'en avait jamais douté. Mais ce n'était pas une raison pour le devenir à présent. Elle le reconduisit donc dans le salon, lorsque les caméras se remirent aussitôt à tourner. Il y avait une quotidienne à monter pour 18 heures. Et peu importait le contexte.

Lina se remit dans la musique et le chant, et oublia le reste, la meilleure des thérapies. Pourtant, à la pause, elle ne put s'empêcher de penser à tout ce travail de l'ombre, toute cette énergie déployée autour de Louis Raphaël, simplement pour lui nuire. S'il ne se trouvait pas au volant de la voiture, s'il avait donné de quoi subvenir aux besoins de l'enfant, alors, que lui reprocher à l'époque ? Et encore plus maintenant ? D'avoir laissé son manager aux commandes afin que cette tragédie – cet incident comme Louis l'avait primitivement qualifié – ne se retrouve pas en une de la presse, ajoutant plus de peine encore aux uns et aux autres ?

Lina était circonspecte. Elle se demandait qui avait bien pu faire ressortir cette information dans les derniers jours. Louis lui avait confié son souvenir. Et elle, elle l'avait ensuite raconté à Titouan. Est-ce que le candidat pouvait être celui qui avait parlé ? Non, Lina ne pouvait pas le croire. Et sa mère, Julie ? Aurait-elle été capable de monter un stratagème comme celui-ci pour écorner, voire réduire à néant l'image du coach, et, par là même, faire ressortir la probité de Jade Jaeckin et de son garçon ?

Lina affabulait, certainement. Mais elle ne pourrait pas vivre plus longtemps avec ces interrogations. Elle devait les mettre au clair. Et, pour ce faire, il fallait rendre visite à Titouan pour lui poser la question, les yeux dans les yeux.

Sa décision était prise. Elle en informa Louis, au déjeuner :

— Je dois me rendre à Paris en fin de journée. Je vais demander à la production de m'envoyer une voiture.

— Tu n'y vas pas pour répondre à une convocation de Salin, tout de même ?

— Non, je veux parler à Titouan.

Raphaël hocha la tête.

— Tu reviens ce soir ?

— Oui, promis. Peut-être tard. Mais je serai là.

Lina alla déposer un petit baiser sur sa joue.

— Alors, je t'attendrai, dit le chanteur, les joues subitement moins pâles qu'à l'ordinaire.

Elle était ainsi, Lina, elle devait dire la vérité, en toutes circonstances. Elle avait cette faiblesse, pour la société, de ne pas savoir mentir.

La production s'était engagée par contrat à assurer une parfaite mobilité aux deux candidats durant la période de tournage, dans la mesure où cela ne gênait en rien le bon déroulement de la compétition. Lina obtint donc une voiture pour se rendre à Paris. Elle donna au chauffeur l'adresse de l'appartement de Jade Jaeckin, rue de Médicis. Elle arriva peu après 21 heures.

PISTE 7

La chanteuse avait répondu favorablement, et avec beaucoup de plaisir en vérité, pour accueillir Lina à dîner. Les caméras seront éteintes, bien évidemment. Jade avait même tenté de convaincre Louis mais ce dernier préférait rester dans sa tanière en attendant le retour de sa candidate. Il voulait éviter le plus possible de se rendre à Paris. Il pensait que l'air allait l'empoisonner, à chaque inspiration.

Titouan et Jade l'accueillirent sur le pas de la porte.

L'appartement de plus de trois cents mètres carrés était meublé avec des fournitures de célèbres designers, dans un style résolument contemporain, peut-être même futuriste par endroits. Tout l'inverse de chez Raphaël.

Il se situait au troisième et dernier étage de l'immeuble. Par les immenses fenêtres, on apercevait le vert devenu sombre du jardin du Luxembourg et les dernières lueurs du jour, une lumière hésitant entre le rose et l'orangé, qui s'éteignait derrière le dôme du Sénat, comme avalée par la ville minérale.

Lina ne put s'empêcher de froncer les sourcils lorsqu'elle s'aperçut de la présence de Julie. La mère de Titouan avait donc son rond de serviette chez la coach. Chaque soir ? L'adolescente n'en savait rien, et, après tout, cela ne la regardait guère.

— Tu as fait bon voyage ? demanda Titouan.

— Oui, merci.

— Et comment va Louis ? demanda Jade, l'air vraiment soucieux. Comment encaisse-t-il le choc ? Le déballage de toutes ces saloperies ?

— Il veut attendre que ça se passe et ne rien faire de plus, répondit Lina, assez mal à l'aise de se comporter comme la porte-parole de son mentor.

L'adolescente avait provoqué cette rencontre afin de s'entretenir en tête à tête avec Titouan. Mais leur hôtesse insista pour dîner immédiatement, puisqu'il se faisait tard et que tout était prêt. Elle avait cuisiné des linguine aux légumes grillés.

On parla de la prochaine émission en direct de Vibrato, de la préparation des candidats et de leurs coachs. Les convives essayèrent, autant que faire se peut, d'éviter une quelconque allusion à l'article de *La Victoire*. Mais Julie, qui était restée étrangement muette jusqu'ici, n'arriva pas à se raisonner et remit le sujet sur la table.

— Je n'y crois pas un seul instant, dit-elle. À l'époque, je ne suivais plus trop la carrière de Louis mais ça ne cadre pas du tout avec son tempérament…

Jade approuva.

— Louis m'avait parlé de la mort de sa petite amie de l'époque, Émilie… L'accident de voiture, oui… Mais, pour moi, il n'y avait aucune polémique à lever… C'est un accident atroce sur une route verglacée… Et pour ce qui est de la petite, je suis certain que Louis a fait le nécessaire, ou, tout du moins, l'a fait faire par quelqu'un de confiance… Il était encore bien entouré à l'époque…

Depuis le début du repas, l'attitude de Julie mettait Lina mal à l'aise. Elle ne la regardait jamais en face, et lui jetait plutôt des coups d'œil à la dérobée. Il y avait eu véritablement quelque chose de cassé depuis l'instant où le public avait lié le destin de Lina avec celui de Louis. La mère de Titouan ne semblait pas le pardonner à l'adolescente, mais y était-elle pour quelque chose ? D'ailleurs, Lina avait noté que Julie – une fan de la première heure de Raphaël – avait tout fait jusqu'à présent pour éviter le coach avant, pendant et après les répétitions au studio d'Aubervilliers. Elle restait cloîtrée dans la loge de son fils alors que, pour les émissions précédentes, elle papillonnait comme personne dans tous les coins et les recoins, son smartphone à la main pour poster, poster et poster sur les réseaux. Le choix du public l'avait foncièrement bouleversée.

Jade et Julie se retirèrent au salon pour continuer à discuter. Les deux coachs de Titouan avaient l'air de rudement bien s'entendre.

Lina en profita pour s'isoler avec le jeune Breton. Il l'emmena dans une pièce, située à droite de l'entrée, où se trouvait du matériel hi-fi ainsi que plusieurs guitares et basses. Une grande bibliothèque transparente montait jusqu'au plafond, fort haut. Elle ne contenait que des recueils de poésie en langue française et en langue anglaise.

Il faisait noir. Titouan n'alluma pas.

— Comment ça va vraiment, Lina ? commença-t-il.

L'adolescente se mordit les lèvres. Une fois encore, c'était elle qui avait pris l'initiative de la conversation, mais c'est lui qui la commençait. Ça suffit ! Elle décida de ne pas se laisser faire cette fois-ci.

— Plutôt bien. Et Louis a l'air de tenir le choc. Je te remercie pour lui et moi. Il ne faudrait juste pas que ça empire. Que d'autres ragots sortent…

Il voulut parler mais elle lui coupa le sifflet.

— Dis, tu n'as parlé de notre conversation à personne ? Ce que je t'ai appris au sujet de l'accident ?

— On y vient, souligna Titouan, d'un ton d'où ne perçait pas le moindre reproche. J'en ai parlé avec ma mère.

Voilà. Tu sais bien que c'est difficile de lui cacher des trucs. Mais elle n'a rien dit au journal, ni moi, tu penses bien. Enfin, Lina, je veux bien que tu puisses penser que ma mère… OK… Et encore… Mais moi, non, non et non. La chronologie des faits est celle qu'elle est mais nous n'avons rien dit. Nous n'avons contacté personne à *La Victoire*.

Il marqua une pause, alla vers une guitare accoustique, la prit, gratta quelques accords, puis la reposa. Comme si cet intermède musical était plus fort que lui.

— Et puis, tu m'avais bien dit que Louis n'était pas au volant, non ? Tu crois qu'on se serait amusés à travestir ton récit ?

Elle le croyait. Elle lisait dans ses grands yeux bleus qu'il disait la vérité. Il avait beau se montrer plus habile qu'elle, jouer avec les codes de la société, il n'en demeurait pas moins digne de confiance. Lina avait ressenti la pureté du jeune homme dès leur première rencontre. C'est pour cette raison qu'elle l'aimait. Enfin, qu'elle l'aimait beaucoup.

— Pour te le prouver, je suis prêt à mener l'enquête. Si tu veux, on fouine. On profite de notre temps libre pour essayer d'obtenir des informations du journal.

— Je suis en Normandie toute la semaine, souffla-t-elle, ça ne va pas être facile.

Mais la proposition était tentante.

— C'est un détail, ça… Dans notre position, on pourrait peut-être arriver à quelque chose… Le journal nous ouvrirait les portes comme candidats, on pourrait tenter de les…

— Manipuler ?

— Si le mot ne te gêne pas, oui, on tenterait le coup.

Lina haussa les épaules.

— Salin s'y opposerait.

— On ne lui dirait rien. J'ai pensé à ça toute la journée… Écoute… Les deux candidats de Vibrato qui se lient, qui font équipe pour tirer Louis Raphaël de la merde… ça aurait de la gueule, tu ne trouves pas ?

La proposition de Titouan lui offrit la garantie qu'il ne se trouvait pas derrière cette publication. Mais elle n'avait aucune certitude au sujet de sa mère.

Et, justement, quand on parle de la louve… Julie entra sans même frapper.

— Maman ! soupira le jeune homme. Ça te dérangerait de prévenir ?

— Je ne voulais pas vous déranger…

Elle alluma, ce qui ne manqua pas d'éblouir aussitôt les deux candidats.

— Pourtant, c'est exactement ce que tu fais. On veut parler tous les deux, maman, tu peux nous laisser ?

Le visage de Julie se contracta dans un spasme.

— Je vais vous laisser. Mais je voulais te dire, Lina, en profitant de l'absence de Jade, que tout ça ne serait pas arrivé si…

Elle ne compléta pas sa phrase. Elle n'en avait pas besoin.

— Maman ! cria Titouan.

Lina avait reculé de deux pas.

— Qu'est-ce que vous voulez dire par là ? balbutia l'adolescente.

Les lèvres de Julie se mirent à trembler, puis ce fut sa mâchoire qui se contracta violemment, ses paupières se mirent à vibrer. Elle faisait presque peur…

Cela dura cinq secondes, dix peut-être, et puis le spasme s'arrêta d'un coup. Julie ferma les yeux, puis les ouvrit, et se jeta dans les bras de Lina.

— Oh, excuse-moi, Lina ! Pardon, pardon ! Je ne sais plus ce que je dis… La pression… Les bouleversements de ces dernières semaines… Pardon, pardon… Tu me pardonnes ?

Lina ne répondit pas. Elle voulut balbutier un « oui » mais aucun son ne sortit de sa bouche. Ce qui n'eut pas l'air de bouleverser Julie outre mesure.

— Merci, Lina, dit-elle. Je n'aurai pas dû vous déranger. Je vous laisse…

Elle partit. Titouan se prit la tête à deux mains.

— Elle me fait des scènes souvent. Je me dis que tu as bien de la chance de vivre chez Raphaël. Moi, si Jade me proposait de m'accueillir chez elle…

— Tu sais pourquoi ta mère ne veut pas croiser Louis dans les coulisses ?

Lina posa sans préambule la question, qui lui brûlait les cordes vocales.

— Non, répondit Titouan. Mais je crois qu'elle lui en veut tout simplement de te préférer à moi. Allez, ce n'est pas grave, ça… On décide quoi, au sujet de l'enquête ? On tente de la démarrer ou pas ? Lundi prochain ? On laisse passer le prime et on attaque en début de semaine ?

L'adolescente prit le temps de réfléchir.

— À une condition, répliqua-t-elle enfin.

— Dis.

— Qu'on ne dise rien à personne. Rien à nos coachs. Rien à Salin. Rien à ta mère.

— OK. Rien à ma mère surtout.

— Tu ne peux pourtant rien lui cacher, tu viens de l'avouer.

— Si. C'est compliqué. Ça demande beaucoup d'énergie. Mais je l'ai déjà fait. Si tu savais…

Les deux complices se regardèrent longuement. Ce regard étrange et pénétrant, ce fut le serment qu'ils se firent l'un à l'autre de parvenir à la vérité.

♫

PISTE 8

Aux armes et cætera

Le prétendu scoop au sujet de l'accident causé par Louis Raphaël provoqua une exposition colossale de l'émission Vibrato. La compétition entre Titouan et Lina, mais aussi entre Jade et Louis, sortit de la sphère des commentateurs des programmes télé pour lorgner du côté des faits divers mais aussi de l'histoire de la musique. Des dizaines d'experts, ou plutôt de faux experts, se relayaient sur les chaînes d'informations en continu pour commenter les derniers développements, et le tout provoqua un élargissement du public habituel de Vibrato.

Les audiences des quotidiennes de Vibrato s'envolèrent vers des cimes jamais atteintes par aucun programme sur cette tranche horaire. Celle du samedi suivant les révélations rassembla plus de trente-sept pour cent de parts de marché, un record que la production et la chaîne savaient pouvoir battre pour la prochaine. À l'antenne, il n'avait été fait aucune allusion d'aucune sorte aux rumeurs. Louis Raphaël avait offert des performances de grande classe et les deux finalistes avaient littéralement éclaboussé la fin de l'émission de leur talent. Titouan avait ému aux larmes l'ancien compagnon de Jade en reprenant sa célèbre *Swimming Pool*, tandis que Jade était parvenue au comble de l'émotion en entendant le duo Lina au chant, Louis au piano, sur la nouvelle chanson composée par ce dernier lors de sa première insomnie. Elle avait longuement tenu l'adolescente dans ses bras. Il était impossible de départager les deux candidats, et cela ne posait aucun problème puisque le vote final n'avait lieu que lors de la dernière émission.

De son côté, Laurent Salin était devenu une star que l'on s'arrachait sur les plateaux. Les annonceurs publicitaires se battaient à présent pour faire figurer leurs produits dans les deux coupures de l'émission et réservaient déjà des espaces pour les deux émissions du samedi en direct qu'il restait à tourner.

Les deux candidats s'étaient donc donné rendez-vous le lundi après-midi. Cela tombait bien pour Lina. Louis devait se rendre chez Jean Giotta, son médecin ORL, pour commenter les résultats d'un examen plus poussé de son polype. Ils se rendirent tous deux à Paris dans la même voiture. Lorsque son mentor lui demanda la raison de sa visite, elle lui dit qu'elle avait rendez-vous avec Samia, sa tutrice. Ce qui était vrai. Elle n'allait pas commencer à mentir, même pour la bonne cause.

Lina retrouva Samia dans un café du boulevard de l'Hôpital, situé en face de la gare d'Austerlitz. Elles échangèrent durant une heure à propos de l'émission et de la situation présente. Le calme apparent de l'adolescente rassura la directrice du foyer. Durant cet entretien amical, trois filles et deux garçons vinrent demander un autographe et un selfie avec la candidate de Vibrato. Elle accepta avec plaisir.

Ce fut Titouan qui siffla la fin de leur rencontre. Elle lui avait envoyé par texto les coordonnées du café et il était venu la chercher. Il resta sur le trottoir, se contentant de lui faire un geste à travers la vitre. Lina embrassa Samia et elles se donnèrent rendez-vous après la finale, « que tu gagnes ou que tu perdes, ma belle, évidemment ». Ils décidèrent ensemble de la marche à suivre pour débuter au mieux leur enquête. Leur but : savoir d'où provenait la photo. Est-ce que le journal *La Victoire* avait agi pour son seul intérêt, après une enquête digne de ce nom, ou bien leur avait-on fourni les documents afin qu'ils se contentent de les produire en les accompagnant d'un texte explicatif ?

Ils se rendirent dans les locaux du journal, situé rue du Moulin-des-Près dans le 13e arrondissement de Paris, un quartier calme, qui comptait bon nombre de jolies maisons.

La Victoire occupait un immeuble de quatre étages, qui donnait sur un petit square où jouait, à toute heure de la journée, une ribambelle d'enfants bruyants.

La rédactrice en chef, Sixtine Bucaille, les accueillit avec étonnement dans son grand bureau, le plus large de la rédaction. C'était une femme d'environ un mètre cinquante, les cheveux bruns ramenés en chignon sur le haut du crâne. Elle portait des lunettes dorées à large monture.

— On voudrait en savoir plus à propos de votre « scoop », commença Lina.

Elle avait décidé de prendre l'enquête bille en tête, de ne pas laisser à Titouan la marche complète des événements. L'adolescente ne souhaitait pas être l'ombre de son concurrent. S'il avait eu l'idée de proposer ces recherches, elle en avait aussi, de son côté, follement envie.

— C'est Laurent Salin qui vous envoie ?

— Non, dit Titouan d'un ton ferme. Nous venons en toute discrétion. Notre démarche est personnelle, intime même. Nous voulons savoir.

Sixtine fit venir dans son bureau Pio et Harold qui avaient pris en charge l'enquête sur Louis Raphaël.

— Et qu'est-ce que mon journal gagne, à vous renseigner ?

— Pourquoi ? rétorqua Lina. Il faut toujours avoir quelque chose à gagner, dans la vie, inlassablement…

La réponse ne manquait pas de cran, surtout venant de cette gamine que Sixtine avait jugée douée pour le chant, en la découvrant dans l'émission, mais effacée aussi. Elle s'était donc trompée. La rédactrice en chef réfléchit et se permit un petit conciliabule avec ses journalistes.

— Je vous propose de vous aider en échange d'un papier exclusif après la finale de Vibrato. Vous deux. Vos impressions partagées. Vos souhaits de carrière. Vos désirs d'avenir.

Titouan fit la moue.

— On ne peut pas vous le promettre. Tout ça, c'est géré par la production.

— OK, intervint Pio. Alors on vous demande simplement l'autorisation de faire un papier sur votre démarche d'aujourd'hui, après la finale. Le titre provisoire « L'enquête des candidats : ils ont eu besoin de la vérité pour continuer ».

Lina et Titouan se consultèrent du regard.

— C'est d'accord, concéda Lina. Mais après la finale, soit dans deux semaines très exactement.

— Deux semaines, moins un jour, rectifia Harold.

— Et maintenant, enchaîna le jeune Breton, la vérité !

Sixtine intervint :

— Vous permettez qu'un photographe du journal immortalise notre entretien ?

Ils donnèrent leur accord. Alors, Pio alla chercher dans son bureau une grande enveloppe kraft qu'ils avaient reçue au lendemain de la première émission en direct avec Louis Raphaël. Aucun nom d'expéditeur n'y figurait. À l'intérieur, ils trouvèrent l'original de la photographie reproduite en une du journal, ainsi qu'un article découpé dans un magazine datant de 2001 où l'on voyait Raphaël en train d'embrasser la jeune Émilie dans un célèbre restaurant parisien.

— On a rapproché les deux, on a fouillé, et on a enquêté sur l'accident qui avait été passé sous silence à l'époque.

— Qui vous a dit que Raphaël était au volant ? demanda aussitôt Lina.

— Notre source. Celui qui a envoyé l'enveloppe.

— Vous l'avez joint ? questionna Titouan.

— Non, c'est lui qui nous a appelé. Pour savoir si on avait bien réceptionné l'enveloppe. Il ne nous a pas donné son identité, il nous a dit être un proche d'Émilie et du chanteur, à l'époque. Et que le moment pour lui était venu de parler.

— Et vous l'avez cru sur parole ? reprit Titouan.

— Oui, cela ne nous a pas paru étonnant de la part du Louis Raphaël de l'époque.

Lina intervint :

— Il n'y a vraiment aucun moyen d'obtenir l'identité de votre informateur ?

— Nous ne sommes pas des flics, répondit Sixtine. On n'a pas lancé de recherches d'empreintes digitales ou d'ADN sur l'enveloppe… Et puis, quand bien même, un journaliste ne révèle jamais ses sources, c'est une question de principe…

Évidemment. Qu'apprendre donc de plus ?

— Vous allez arrêter votre enquête ? demanda Titouan, avant de quitter les lieux.

— On ne sait pas encore, répondit Sixtine. Si on a du neuf, on le publiera.

De retour dans les rues de Paris, les deux acolytes se retrouvèrent perdus dans leurs pensées respectives.

— Bon, au moins, on est sûrs que quelqu'un se trouve derrière cette publication et cherche vraiment à nuire à Louis, dit Titouan. Si on trouve son identité, on pourra probablement renverser le scandale…

Il consulta son smartphone. Sa mère avait essayé d'appeler cinq fois pendant l'entretien avec les journalistes ; Laurent Salin, deux fois ; Jade Jaeckin, une fois. Il ne rappela personne. Il était en mode avion pour cet après-midi. De son côté, Lina avait également reçu deux appels du producteur. Elle ne rappela pas.

— Et si on allait rendre visite au manager de Louis, à l'époque ? proposa Lina. Il pourra peut-être nous renseigner, il en sait sûrement beaucoup…

— Les journalistes l'ont probablement déjà fait, commenta Titouan.

L'homme s'appelait Serge Rassam. Après une courte recherche sur Internet, les deux amis s'aperçurent que le manager était décédé en mai 2020, à l'âge de soixante-dix-huit ans, et qu'il laissait derrière lui un veuf éploré, un dénommé Otman Benamou, de trente ans son cadet. Otman tenait une librairie gay dans le Marais. Ils s'y rendirent aussitôt et n'eurent aucun mal à reconnaître le conjoint survivant. Il discutait derrière sa caisse avec un habitué. Lina attendit la fin de la conversation pour se présenter.

— Mais je vous reconnais… Tu es Lina et le grand là-bas, charmant, c'est Titouan. Vous êtes les candidats de Vibrato. J'adore cette émission et je trouve que la présence de Louis et de Jade la rend tout à fait sublime…

Otman se montra volubile, enclin à aider les deux candidats, de manière totalement désintéressée. Il avait un peu connu Louis Raphaël, lors de ses dernières années de scène, quand Serge s'occupait de ses tournées. Le chanteur était toujours sous l'emprise de l'alcool, se montrant souvent odieux avec son entourage. Mais Otman, comme Serge, lui pardonnait :

— D'abord, il ne s'est jamais pardonné la rupture avec Jade. C'est un bonheur de les voir de nouveau ensemble, à se bécoter et à chanter la main dans la main… Et puis il y a eu son entourage qui a profité de lui… On croit tous ces gens du spectacle fort bien entourés mais ce sont eux qui comptent le moins de véritables amis, je peux vous l'assurer de source sûre…

Lina et Titouan le laissèrent parler. Il leur offrit un thé, à l'étage de la librairie, là où il vivait quand il n'était pas dans la maison de Serge à Ramatuelle, ainsi qu'un chaleuth, une sorte de charlotte aux poires qu'il cuisinait lui-même.

— Nous cherchons à comprendre qui a eu intérêt à remuer le passé, expliqua Lina. Vous savez, à propos de cet accident…

Otman hocha la tête avant d'aller farfouiller dans un grand placard rempli de vinyles à en déborder. Il en ramena une simple boîte à chaussures.

— Je ne l'ai pas montrée aux journalistes qui sont venus, ça, avoua-t-il d'un air malin. Mais à vous, oui, je veux bien, car vous m'êtes sympathiques. En plus d'être talentueux. Je suis fan de votre vibrato, mademoiselle. Et vous, jeune homme, votre pêche est impressionnante si je puis me permettre…

Il ouvrit la boîte et en sortit des archives à propos de Louis Raphaël. Des archives secrètes. Ils trouvèrent un exemplaire de la photo qui avait été reproduite en une du journal.

— Elle ne doit pas exister en beaucoup d'exemplaires, commenta le libraire. Serge avait racheté celui-ci, l'original certainement, au journaliste qui était arrivé en même temps que les pompiers. Il m'en avait parlé, à l'époque. Je crois qu'il résidait à Montargis, dans le Loiret…

Lina demanda l'autorisation de fouiller la boîte.

— Mais oui, faites, faites, mademoiselle…

Elle ne tarda pas à trouver une carte de visite à l'aspect jauni et aux bouts cornés. Il était question d'un certain « Paul Girodet, journaliste indépendant, 18 rue Gambetta, Montargis ».

L'adolescente tendit la carte à Titouan qui la photographia à trois reprises.

PISTE 8

Ils remercièrent vivement le sympathique Otman.

— Je suis ravi d'avoir pu vous être utile. Bon courage pour samedi, je serai au rendez-vous. Et que le meilleur gagne, cela ne va pas être facile de vous départager. Moi, je voterai pour vous deux !

Le jeu de pistes continuait donc.

Est-ce que ce Paul Girodet était encore de ce monde ? Habitait-il encore à la même adresse ? Dans une enquête, comme dans une carrière – comme dans tout, en réalité –, il faut compter sur la chance. Titouan commanda un véhicule à l'aide de son smartphone et entra l'adresse à Montargis. Ils trouvèrent rapidement un chauffeur, trop heureux de gagner deux cents euros grâce à cette course et leur indiqua un temps approximatif de trajet d'une heure et trente minutes.

Sur la route, ils échangèrent à propos de leur prochaine visite, une fois le chauffeur – qui avait fini par les reconnaître – rassasié de réponses à ses multiples questions au sujet de Vibrato.

— Soit le type qui a envoyé la photo au journal la possédait déjà, commença Lina.

— Le corbeau, tu peux l'appeler le corbeau…

— Oui, soit il l'a trouvé quelque part en remontant une piste, comme on fait là.

— Et puisque Otman n'a pas cédé la sienne, alors si quelqu'un est venu voir Paul Girodet dernièrement, on saura…

Lina tempéra l'enthousiasme du jeune homme.

— Je doute qu'il ait laissé son identité…

Ils arrivèrent à Montargis, surnommée la Venise du Gâtinais, un peu avant 17 heures. La rue Gambetta se situait dans le centre de la ville. Ils franchirent plusieurs ponts sous lesquels coulait une eau sombre malgré le grand soleil.

Par chance, le journaliste habitait toujours là, en compagnie de son épouse et de ses deux chats. Il ne fut guère étonné de voir débarquer ses deux visiteurs. Contrairement à leurs précédentes visites, ils ne furent pas reconnus.

— Vous venez vous aussi pour la photo ?

L'homme était immense, il mesurait plus de deux mètres et avait de courts cheveux blancs frisés. Son nez aurait pu être qualifié de cyranesque.

Il leur raconta tout d'abord l'histoire du cliché, lui, le journaliste local qui avait un informateur chez les gendarmes et les pompiers de Montargis. On l'avait appelé, un soir d'hiver, pour un accident sur une route de campagne, à la sortie nord de la ville. Une vedette serait impliquée. Il y aurait une victime. Paul avait juste eu le temps de prendre une photo où figurait un Louis Raphaël éploré, cet unique cliché qu'il s'apprêtait à vendre à un journal ou un magazine parisien. Mais Serge Rassam, le manager du chanteur, s'était montré d'une promptitude absolue et avait acheté l'exclusivité de son travail contre la promesse… de ne jamais la divulguer. C'était une promesse tacite, aucun contrat n'avait été vraiment signé. La mort de Rassam avait, semble-t-il, libéré le journaliste de sa promesse, et il avait cédé un tirage de la photo, qu'il avait conservé « au cas où », contre un gros chèque que lui avait proposé un visiteur du soir, il y a, quoi, deux semaines peut-être ? « Un peu moins, un peu plus », corrigea bien inutilement son épouse.

— Y a pas de honte, conclut Paul Girodet.

Lina et Titouan ne le contredirent pas, pour ne pas le braquer, mais pensaient tout de même un peu l'inverse. Celui qui avait donc acquis cette photo était certainement le corbeau, l'expéditeur de la grande enveloppe au journal *La Victoire*.

— Je suppose que votre acheteur ne vous a pas communiqué son identité ? interrogea l'adolescente.

Son portable vibrait furieusement dans la poche de son jean. Laurent Salin. Treize appels en absence. Il allait finir par lancer une alerte enlèvement. Il faudrait le rappeler. Et lui mentir alors ? Elle laisserait Titouan manœuvrer.

— Oui, j'ai parlé d'un chèque mais il m'a réglé en liquide.

Titouan lui demanda une description de l'homme.

— Mais enfin, répliqua Paul, en quoi cela vous regarde ?

Il était temps de jouer franc jeu, non ? Ils expliquèrent le but de leur démarche. Ce qui décida le journaliste à parler fut la promesse faite par les deux candidats de ne jamais mentionner son nom, jamais, dans aucune circonstance, à personne de leur entourage.

— Il était plutôt petit, enfin, pour moi… Un mètre quatre-vingts. Jeune, la trentaine, pas plus. Blond, un catogan. Le front haut. Une courte barbe autour de la bouche.

— Des yeux verts, presque gris, compléta l'épouse.

— Je ne peux pas vous griffonner sa tête, je suis un piètre dessinateur.

Lina et Titouan se consultèrent du regard. Aucune de leurs connaissances ne correspondait à cette description.

— Il doit être venu en voiture, non ? interrogea l'adolescente. Vous n'auriez pas noté son numéro d'immatriculation par hasard ?

Non, c'était une question idiote.

— Et pourquoi j'aurais fait une chose pareille ? répliqua le journaliste.

La piste allait donc s'arrêter ici, à Montargis, rue Gambetta. Les deux candidats allaient rentrer à Paris avec la certitude que la publication de la photo avait pour but de nuire à Louis Raphaël, mais ils ne pourraient pas identifier le responsable seuls.

Bon, c'était tout de même un peu illusoire de leur part de pouvoir, en une journée, parvenir au degré de réussite d'un Sherlock Holmes, non ?

Ils remercièrent le couple et se levèrent.

— Attendez ! souffla alors madame Girodet, en retenant Lina par la manche. Il me revient une information qui pourrait peut-être vous aider... Il avait fait tomber de la poche de son blouson une recharge pour sa cigarette électronique. Je m'en suis aperçue et je lui ai couru après pour la lui redonner... Il était en train de monter dans une voiture garée en face du restaurant japonais *Le Kaimyō*, un peu plus loin. Je n'ai pas relevé le numéro mais je me souviens qu'il y avait une femme assise à l'avant, à la place du passager...

Instinctivement, Lina et Titouan se prirent par la main.

— Vous pourriez nous la décrire ? demanda le jeune homme.

— Pas dans les détails... Mais elle avait les cheveux longs et bouclés... Et elle portait des lunettes rouges, si je me souviens bien...

Les deux acolytes se serrèrent la main à s'en exploser les phalanges.

Car deux femmes de leur connaissance étaient en mesure de correspondre à cette description.

Julie, la mère de Titouan.

Mais aussi Isabelle Pélissier, la productrice de Vibrato.

À quelques jours de la prochaine émission en direct, les réseaux sociaux s'enflammèrent d'une façon vertigineuse. Laurent Salin donna à ses équipes la consigne de lâcher du lest, de laisser faire et de ne plus répondre systématiquement aux attaques. En vérité, il n'y aurait pas eu assez de petites mains et de cerveaux disponibles pour répondre aux trolls et aux autres. Louis Raphaël avait toujours été un artiste clivant. Son attitude désinvolte en toutes circonstances, son alcoolisme, l'album qu'il réalisa pour dénoncer toutes les guerres, et notamment celle d'Algérie dont la France fut belligérante, le fit interdire plusieurs fois de diffusion sur les ondes. Ses détracteurs, qui étaient bien heureux de le savoir retraité et totalement absent de la scène musicale, se servirent de l'information parue à la une de *La Victoire* pour déverser à nouveau leur fiel sur le monde. « Alors, on avait bien raison, vous voyez ! » Dans le camp d'en face, on criait au scandale, au procès d'intention. Des associations féministes avaient appelé à manifester contre l'attitude du chanteur.

Mais un autre personnage, très au fait des réseaux, et qui savait les manœuvrer habilement depuis bien longtemps, attisait les flammes. Julie, la mère de Titouan, se servait des comptes de son fils pour lancer des sondages comme « Pensez-vous que Louis Raphaël était au volant le soir du drame ? » ou bien « Est-ce que le chanteur doit continuer l'émission ? ». Bien évidemment, elle jouait la supportrice et s'offusquait que les « suiveurs » de son fils répondent oui à la première question et non à la seconde. Mais chacun de ses sondages ravivait les tensions. Titouan ne le supportait pas et lui avait demandé de cesser, tout comme Isabelle Pélissier, la productrice. Mais rien à faire... Julie était une forte tête. Elle disait agir pour le bien de Titouan, et pour celui, plus globalement, de Vibrato.

Son fils lui avait bien évidemment demandé si elle s'était rendue à Montargis, dernièrement. Elle avait ouvert de grands yeux.

— Montargis ? Qu'est-ce que je serais allée faire là-bas ?

Titouan n'avait pas insisté. Ni lui ni Lina ne posèrent cette même question à Isabelle Pélissier. Ils n'avaient que peu de rapports avec elle. La productrice se montrait distante. Et puis sa réponse n'aurait eu aucune valeur. Ils n'auraient pas su déceler, chez elle, le degré de véracité de ses dires. Pourquoi Pélissier aurait-elle fait cela ? Pour braquer tous les projecteurs sur l'émission ? Au risque de créer une polémique incontrôlable ? Le mystère demeurait donc partiel quant à l'origine du « scoop ».

Le soir de l'avant-dernière émission en direct approchait. La production avait engagé un renfort de vigiles devant et dans le studio 128 d'Aubervilliers, puisqu'on annonçait du grabuge. Mais ce fut la préfecture qui annonça à Salin et Pélissier qu'une compagnie de CRS viendrait prêter main-forte aux équipes.

Cela ne serait pas de trop.

À 19 heures environ, soit deux heures dix avant le début de l'émission, le site de *La Victoire* annonçait de nouvelles révélations fracassantes à propos de la tragédie de Sologne. La rédaction promettait de les mettre en ligne dès la fin de l'émission. On comprenait, à demi-mot, qu'on en saurait plus sur l'identité de l'enfant d'Émilie, que Raphaël avait abandonné à son triste sort.

La question qui était sur toutes les lèvres : « L'a-t-on retrouvé ? »

Il était 18 h 30 et la berline transportant les candidats s'arrêta en douceur devant le tapis rouge. Lina et Titouan revenaient d'une séance photo aux Galeries Lafayette organisée par la production. Ils portaient leurs habits de scène, des combinaisons de cuir étonnantes et des gilets, ceux avec lesquels ils ouvriront le spectacle tout à l'heure avec la reprise en duo de *Under Pressure*, le succès de Queen et de David Bowie. Les deux finalistes n'avaient pas apprécié ces deux heures harassantes, passées dans les rayons du grand magasin, sur des estrades, à promouvoir les marques qui fournissent les costumes de Vibrato. Ils s'en fichaient un peu, ce n'était pas leur travail. Eux, ils voulaient chanter et jouer de la musique. Point barre.

Titouan fut le premier à sortir de la voiture et à fouler le tapis rouge. Le soleil s'était caché. Il pleuvait. Une petite bruine tiède et fine. De chaque côté de l'allée, des barrières. Et derrière, un public qui criait, hurlait, vociférait.

— Titouan ! Lina ! Louis ! Jade !

Les vigiles s'étaient disposés de part et d'autre, ils étaient six contre six cents peut-être. Un car de CRS se trouvait garé à l'écart, les forces de l'ordre n'avaient pas été déployées et restaient invisibles.

Lina sortit à son tour. Un mouvement de foule se produisit alors sur leur gauche. Une barrière, sous la pression des fans, tomba, et ce fut la ruée. Les vigiles bondirent dans cette direction, tentant de canaliser le flux.

Une main enserra le cou de Titouan, une autre tira sur son gilet. Le jeune Breton, déstabilisé, tomba à terre.

Lina, épargnée, resta interdite un temps. Deux colosses s'étaient rués vers les agresseurs de Titouan et les empoignaient, les tiraient sans le moindre ménagement pour leur faire lâcher prise.

Ça hurlait de partout. Le public toujours parqué, sur la droite, vociférait. Lina entendit des « Émilie ! Émilie ! »

L'adolescente devait réagir. Elle fit deux enjambées et aida Titouan à se relever.

— Ça va ? demanda-t-elle.

Le candidat avait une traînée de sang carmin sous la bouche. Sa lèvre inférieure saignait.

— Donne-moi ta main et trace avec moi ! souffla la jeune fille.

Ils filèrent sur le tapis, tandis que, derrière eux, la barrière était remise, et que les vigiles attrapaient les derniers fuyards pour les emmener à l'écart.

PISTE 8

Ils montèrent l'escalier de fer qui donnait accès à l'entrée des artistes. Titouan avait posé sa paume contre son menton pour cacher sa blessure.

Dans le hall d'accueil, avant le couloir qui desservait les loges, ils s'arrêtèrent. Julie était déjà là. Lorsqu'elle s'aperçut que son fils était blessé, elle le tira vers elle, pour constater l'étendue des dégâts – minime fort heureusement, même si cela aurait pu être bien pire.

Son visage s'enflamma et elle courut en direction de Salin qui débarquait de la scène, où il venait de donner ses dernières instructions.

— C'est une honte ! cracha-t-elle aussitôt. Regardez l'état de mon fils ! Et on fait comment pour le prime, maintenant ? Et vos vigiles ? Ils ont fait quoi vos vigiles ?

L'ambiance n'avait jamais été aussi électrique. Salin rassura Julie, demanda à Isabelle de venir le seconder. Il eut un mot de réconfort pour Titouan et passa cinq minutes avec Lina, choquée, qui était restée prostrée derrière la table des accréditations.

— Qui sème la malveillance récolte la haine, criait Julie.

Elle prit son fils par la main et l'entraîna dans sa loge.

— Cela ne se reproduira plus, insista l'animateur auprès de Lina. Je te le jure. Nous allons doubler, tripler même les effectifs de sécurité. Je ne pensais pas que…

Il ne put terminer sa phrase car Julie était de retour, sa rage n'étant pas descendue d'un degré. Elle agonit le producteur d'insultes.

— Vous ne pensez qu'à vous ! Vous, vous, vous ! Votre petite gueule qu'on voit partout… Et le reste ne vous importe plus !

Laurent Salin prit sur lui pour ne pas répondre avec la même intensité.

— Je m'excuse, Julie, et j'étais en train de dire à Lina que nous prendrons toutes les dispositions nécessaires pour que cela n'arrive plus… Que puis-je faire de plus ?

— Ça va être joli, à l'antenne, sa lèvre éclatée !

Elle n'était en réalité qu'entaillée, coupée même, sur un centimètre tout au plus. Salin parvint à faire baisser la pression et Julie retourna en loge.

Le producteur prit l'adolescente à part, dans un coin d'ombre, près de la salle réservée à la restauration.

— Dis, j'ai eu un coup de fil de la rédactrice en chef de *La Victoire*. C'est quoi, cette histoire ? Vous vous êtes rendus à la rédaction avec Titouan ? Vous cherchez quoi, au juste ?

Sixtine Bucaille avait donc trahi sa parole et s'était entretenue de leur visite avec le producteur… Cela dit, comment attendre d'une telle engeance de tenir sa parole ?

— On cherche la vérité ! cria Lina, avant de filer s'enfermer dans sa propre loge.

Elle s'affala sur sa chaise, devant le miroir. Et ne put, cette fois, retenir ses sanglots. Ils allaient être beaux à l'antenne ses yeux, rougis et grossis par les larmes, si elle ne s'arrêtait pas immédiatement.

Lina se posa, respira fort pour se calmer. Ce n'était qu'un incident. Mais Vibrato, depuis quelques jours, n'était qu'une suite d'incidents. Et puis elle n'aimait pas ce mot.

On frappa à la porte de sa loge. Après une autorisation de sa part, Louis Raphaël se faufila dans l'entrebâillement.

Il était en costume. Elle lui trouva les traits tirés, des poches plus lourdes sous les paupières.

— Tu es prête, Melody ? demanda-t-il. Mais tu as pleuré ? Toi aussi ?

Jean Giotta entra dans la loge et vint lui serrer la main. Elle l'avait déjà rencontré durant la première phase de l'émission, vers la fin du mois de juillet, lorsqu'elle avait éprouvé un début d'extinction de voix. Il était le médecin consultant de l'émission.

— Je te présente Jean Giotta, dit Louis, mais tu le connais un peu. C'est mon médecin et mon ami. Il va nous soutenir, ce soir. Mais là, il va se barrer parce que je lui demande…

Le praticien s'exécuta, sans dévoiler la moindre expression sur son visage. Clinique.

— Tu cherches la vérité, Melody ? demanda Louis, en jetant un regard étonnant de pénétration sur la bouteille de gin que Salin avait insisté – l'ordure – pour laisser dans la loge.

— Tu ne vas pas me le reprocher ? lança l'adolescente.

— Au contraire… J'admire ta noblesse… D'un autre monde… D'un autre temps…

Il se pencha vers Lina et lui embrassa doucement la joue. Elle eut, instinctivement, un petit mouvement de recul. L'haleine de son mentor sentait le tabac et la fragrance du malt. Elle espérait que… Non, ce n'était pas possible. Le chanteur avait saisi son trouble et se justifia, d'un air malin.

— Juste un peu d'ivresse avant de commencer. Et une clope. Sous contrôle de mon toubib, c'est permis.

Giotta resta impassible. Son visage n'exprima ni encouragement, ni condamnation.

— Je te retrouve sur scène dans un quart d'heure pour les dernières répétitions, dit le chanteur, avant de s'éclipser.

Dans le couloir, il se retrouva alors, pour la première fois, face à Julie. Et ce fut comme si ces deux personnages avaient reçu une décharge électrique. Ils se virent, ils flanchèrent, un tremblement les prit tous deux, leurs paupières battirent avec intensité, avant que tout redevienne comme avant. Giotta, qui assista à la scène, en fut sidéré. S'il devait un jour, à des étudiants, décrire les signes cliniques d'un coup de foudre… Mais il supputait qu'il s'agissait plutôt ici d'un coup de tonnerre.

— Bonsoir Louis.

— Bonsoir Julie.

— Je suis la mère de Titouan.

— Je l'ignorais.

— J'espère que tu ne prends pas trop à cœur les ragots à ton sujet.

— Tu sais que je suis vacciné contre les ragots. Pas remboursé par la Sécu, ça.

— On se recroise bientôt.

— Laisse-moi plutôt tranquille.

— Bonne émission, Louis.

Le chanteur se tourna vers son médecin.

— Je retourne dans ma loge pour me reposer. Et prendre un cinquième verre de whisky. Le dernier.

Le premier lui avait fait tellement de bien. Il s'était senti rajeunir dès que les fragrances de la tourbe lui avaient brûlé la glotte et l'arrière du palais. Pourquoi ne s'était-il pas passé des quatre suivants ?

PISTE 8

Il était 21 h 10. L'antenne. Le direct.

— Chers amis, bienvenue à l'avant-dernier prime de Vibrato ! s'enthousiasma Salin, plus souriant que jamais. Nous allons passer deux heures ensemble, deux heures de musique, de chansons, d'émotions, en compagnie de vos deux candidats et de leurs coachs. Nous les accueillons dans le studio…

La soirée fut grandiose, le plateau apparut à tous les acteurs comme un havre de paix. Ils étaient venus avec leurs talents et avaient laissé le reste dans les loges.

Louis et Jade avaient repris en duo un morceau d'Eminem, de leurs voix suaves, ce qui conféra aux paroles violentes une sidérante douceur. Raphaël semblait plus détendu que jamais, en pleine possession de ses moyens. Il s'était même permis des petites plaisanteries, des traits d'esprit, délivrant quelques aphorismes dont il avait le secret. Titouan se montra à la hauteur, comme toujours. Lina fut celle qui mit le plus de temps à entrer dans l'émission. Mais dès qu'elle s'y trouva bien, elle y déploya tout son talent. Sa voix n'avait jamais retenti avec autant d'intensité. Elle reprit un titre de Céline Dion où elle put montrer la justesse de son vibrato et l'étendue de sa gamme vocale. Titouan alla la rejoindre à la fin de l'émission et ne put s'empêcher de l'embrasser à la commissure des lèvres. Ce geste spontané déclencha les acclamations du public.

Isabelle Pélissier, qui était sortie à toute vitesse de la régie, accueillit tout ce beau monde de retour dans les loges.

— Je crois que nous tenons là la plus réussie des émissions de Vibrato !

C'était pas gagné. Salin fit une accolade à sa coproductrice. Quand une guerre se déroule aux portes d'un territoire, mieux vaut chérir la paix aux frontières.

Ils allèrent tous se restaurer au buffet plantureux réservé pour tous ceux qui avaient œuvré à la réussite de l'avant-dernière émission.

Plus qu'une semaine et on connaîtrait le vainqueur de la dixième saison de Vibrato.

Lina nota la présence de Julie. La mère de Titouan avait tenté d'ouvrir la conversation avec Louis Raphaël, mais le chanteur l'avait sèchement éconduite. Il préférait discuter et trinquer avec Jean Giotta et Laurent Salin. Des techniciens et des musiciens s'étaient joints à leur petit groupe.

L'adolescente voulut aller dire un mot à Titouan. Non pas au sujet de ce baiser qui l'avait bouleversée, non, ça elle ne s'en sentait pas encore capable… Elle souhaitait simplement le féliciter pour sa reprise de *Ces gens-là* de Brel, qu'elle avait trouvée d'une force peu commune. Elle avait adoré le « Et puis, et puis, et puis y'a Frida ! ». Il avait délivré ses paroles comme si elles se trouvaient en lui depuis des années, à mûrir.

Titouan avait quitté le buffet. Elle le trouva dans sa loge. Il s'était isolé pour regarder les réactions de ses fans et de ses groupies, sur ses réseaux.

— Tu as été géniale ! dit-il, lorsque Lina vint prendre place à côté de lui, sur le canapé.

— Toi aussi.

Elle voulut lui parler mais elle ne trouva pas les mots. Titouan allait poser son smartphone pour paraître moins goujat lorsqu'une alerte info retentit.

Il passa son doigt sur la bannière et une photo se composa à l'écran.

« *La Victoire*, après une longue enquête, a retrouvé l'identité de la fille d'Émilie, abandonnée par Louis Raphaël. »

Lina se pencha pour apercevoir le cliché plus nettement sur le petit écran.

— Fais voir ! lança-t-elle.

Louis Raphaël tenait dans ses bras un enfant d'un an peut-être. Il regardait le visage innocent en souriant.

— L'alerte renvoie vers le site de *La Victoire*, annonça Titouan. C'est Sixtine Bucaille qui a elle-même signé l'article…

Mais Lina se mit à suffoquer. Elle remua la tête. Non, non. Elle bondit, elle sortit de la loge, elle se mit à courir dans les couloirs. Mais vers où ? Où aller ?

— Lina ! cria Titouan.

Il venait de la rattraper, il la tenait dans ses bras. L'adolescente respirait avec une telle force qu'on eût dit qu'elle allait faire exploser ses poumons.

— Lina, qu'est-ce qu'il se passe ?

Louis Raphaël venait de les rejoindre. Il marchait à la manière d'un crabe.

— Melody ?

Les deux hommes la soutinrent mais Raphaël flancha à son tour. Il glissa sur le sol, tout en s'excusant. Il puait l'alcool.

VIBRATO

Lina ne pouvait défaire de sa rétine enflammée la photo publiée dans le journal. La photo de Louis Raphaël, tenant dans les bras cet enfant.

Cette petite tête joufflue d'un bébé métis.

Elle l'avait reconnue. Elle la reconnaîtrait entre mille.

Puisque c'était la sienne.

PISTE 9

Ce grand méchant vous

(instrumental)

Promenons-nous dans le…

Pourquoi ces paroles me reviennent à l'esprit tandis que je continue ma course folle à travers cette nature hostile ?

Est-ce simplement parce que j'ai froid ? La sueur qui coule abondamment dans mon dos me semble se congeler instantanément sur ma peau. C'est cruel. Ajouter de l'inconfort à la douleur ? Pourquoi, pourquoi ?

C'est inutile de rester dans ce bois. Je n'y suis pas protégé. Je ne le serai jamais. J'arrive à garder une distance parce que j'ai toujours fait attention à mon corps, je n'ai jamais fumé ni bu plus qu'il ne le faut pour un homme ordinaire de ma catégorie. C'est plutôt rare. Si je sors indemne de cette nuit de fureur, je le devrai en partie à cette hygiène de vie, loin d'être irréprochable. D'autres, dans ma situation, se seraient vautrés dès la sortie de la gentilhommière, le nez dans la terre du massif de pétunias fanés, assommés par la douleur, incapables d'entamer une simple course.

Mais ma fuite n'est certainement qu'un interlude. Mon épaule pisse le sang, mes forces me quitteront forcément à un moment ou à un autre. Une minute, dix minutes ?

Dans Vibrato, tout est prodigieusement minuté, c'est une jolie mécanique. La vie n'est pas faite ainsi, hélas.

Je sors du bois et je parviens à tourner la tête, ravalant ma douleur. Secrètement, j'espère ne plus voir mon bourreau, j'imagine une belle et rassérénante image, quelque chose de très graphique, son cou heurté par une vilaine branche couverte de piquants et sur laquelle il se serait empalé la chair. Il ne bouge plus, il ne peut plus. Il souffre à son tour. Le moindre mouvement de sa part, c'est une épine qui pèse sur une artère, la carotide, et qui est prête à la sectionner. Il ne peut plus continuer. Le voilà prisonnier. Parfait minutage. Je suis libre. Je rebrousse chemin, je retourne dans la grande maison, ou bien je trouve une belle ferme avec de jolies vaches blanches et noires et son cerisier blanc, j'appelle les secours, et je suis sauvé.

Je regarde derrière moi et je ne distingue rien d'animé. J'en ai le souffle coupé. Puis j'entends sa voix. Il me dit d'arrêter là, il veut juste continuer à me parler, comprendre quelles sont mes réelles responsabilités dans les événements qui ont secoué cette dixième saison de Vibrato. Une saison d'anthologie. La finale, meilleure audience de la télévision pour un divertissement de tous les temps. L'équivalent d'une demi-finale d'une coupe du monde de football.

Ce flux de pensées, à cet instant, parvient à m'arracher un sourire. Je vais probablement mourir et je trouve encore le moyen de m'auto-congratuler, de développer un argument commercial, me mettant en valeur. Chien d'ego.

PISTE 9

Je me retourne à nouveau. Le bourreau est sorti du bois. Il fonce vers moi.

J'ai maintenant la certitude que toute cette « aventure », comme j'aime à désigner Vibrato aux candidats, ne va pas se finir tel ce conte de fées que j'avais imaginé. On peut me prendre pour le grand méchant loup, le mauvais génie, mais je ne suis pas le seul, je peux l'assurer, le démontrer même. Ni le seul ni le pire.

La fille d'Émilie, la maladie de Louis Raphaël, les dénégations maladives de Jade Jaeckin, la réserve de Lina et les rancœurs de Titouan. J'aurais eu plusieurs manières d'être puni.

Je sens une main agripper ma veste étincelante, rendue terne par ma fuite.

Mes forces me lâchent. Je ne suis plus rien. Il me tire en arrière, m'attire irrémédiablement vers lui. Une couture de la manche compresse subitement mon aisselle et la partie inférieure de mon épaule blessée. Je hurle de douleur.

Cette fois-ci, je m'arrête, je tombe, je chavire.

Il m'a rattrapé.

Va-t-il me laisser m'expliquer ?

♫

PISTE 10

Valse de Melody

Mais où allaient les mener ces révélations en chaîne ?

Lina et Titouan se trouvaient comme face à un jeu de dominos disposés debout, assez proches pour que la chute de l'un entraîne la chute de l'autre. Ils formaient une figure indéfinissable, comportant des lignes droites, des courbes, des ponts à franchir, des tunnels à traverser. Ils eurent beau regarder au loin, jusqu'au point extrême où portaient leurs regards, ils ne distinguèrent pas le dernier. Il suffisait donc de faire basculer le premier pour entraîner les autres.

Tout était d'équerre dans la compétition, et puis quelqu'un avait osé effectuer cette pichenette.

À présent, il était impossible d'arrêter le mouvement destructeur.

Titouan avait aidé Lina à revenir vers sa loge. Les smartphones de tous les membres de l'équipe de production avaient reçu à présent la notification. Jade et Julie s'étaient retrouvées autour d'Isabelle Pélissier pour découvrir l'article, les mines plus atterrées que jamais. Laurent Salin avait aidé Raphaël à se redresser. Giotta était le seul à ne pas encore être au courant.

— C'est encore un coup de ces enfants de putain ! hurla le chanteur.

Il regagna sa loge et claqua la porte. On l'entendit crier merde trois fois de suite. Avant le silence.

Titouan était resté avec Lina.

— Je ne comprends plus rien, balbutia-t-il. Mais ce n'est pas possible… Tu n'as jamais connu ta mère ?

L'adolescente n'était pas en mesure de réfléchir à cet instant. Elle étouffait dans ce studio. Littéralement. Les murs étaient trop blancs, la lumière trop crue. Elle voulait partir. Loin. Retrouver le grand air.

— Viens, dit-elle, en prenant Titouan par la main. On part.

Il se laissa guider.

— Je vais prendre mon blouson avant.

— Tu n'en auras pas besoin.

— Pourquoi ? Tu m'emmènes sur une île déserte ?

— C'est tout comme, souffla l'adolescente.

Ils s'enfuirent en évitant le hall pour ne pas croiser Julie, Salin ou Pélissier. Le souci allait être d'éviter les fans au-dehors, qui s'étaient réunis, comme à leur habitude, à une centaine de mètres de l'entrée des artistes, attendant le ballet des voitures et des taxis qui transportaient les personnalités.

Ils voulurent louvoyer, passer par l'arrière du studio, mais les grilles étaient closes.

— T'inquiète, assura Titouan, je vais nous trouver une voiture. Tu veux aller où ?

— Trouve une voiture d'abord, ordonna brusquement Lina.

Elle avait repris ses esprits, et gagné de l'assurance par la même occasion. Son acolyte parvint à convaincre un chauffeur qui ne leur était pas destiné de les prendre, et ils bondirent dans la berline aux vitres teintées. Le public s'était aperçu de leur départ et criait leurs prénoms avec ferveur.

— Foncez ! fulmina tout simplement Lina au chauffeur.

— On va où ?

— En Essonne. Sainte-Geneviève-des-Bois. Programmez votre GPS pour la gare, ça ira parfaitement.

La voiture hybride démarra alors sans un bruit. Le seul grondement que l'on percevait était celui de la foule. Les grilles s'ouvrirent alors que les vigiles canalisèrent la centaine de fans encore présents. Ils brandissaient des calicots, des pancartes et des photos des principaux protagonistes de Vibrato. Un groupe d'adolescentes se jetèrent alors sur le capot avant, dans l'optique de faire arrêter le véhicule. Le chauffeur jura. Puis, à l'arrière, un type d'une cinquantaine d'années portant un masque en latex à l'effigie de Raphaël donna un grand coup dans la vitre arrière avec sa gourde en métal, sous le regard de Lina, qui observait la scène. Heureusement, le verre se fissura mais ne craqua pas.

Les vigiles s'imposèrent enfin et la voiture put filer dans les rues d'Aubervilliers. Le chauffeur dépassait allègrement le cinquante à l'heure.

Titouan voulut engager la conversation mais Lina l'arrêta.

— Là-bas, indiqua-t-elle, sans ambages.

Le véhicule les déposa route de Longpont, près de la gare RER de Sainte-Geneviève-des-Bois. Ils marchèrent sur une large route bordée de pavillons. Ils ne croisèrent aucun autre véhicule.

Derrière bon nombre de ces volets et ces fenêtres closes, dans les salons ou les chambres de tous ces gens, Lina et Titouan avaient pénétré leur intimité il y a quelques heures seulement. Tandis qu'ils rayonnaient à faire ce qu'ils faisaient de mieux, la musique et le chant, les spectateurs se distrayaient. C'était du donnant-donnant. Jusqu'à ce que l'écran s'éteigne. Là, une dichotomie s'installait. Le public dormait. Les candidats souffraient.

Ils passèrent en silence un centre commercial, une boulangerie, un fleuriste. Deux écoles.

Il était plus de 1 heure du matin. Ils ne croisèrent personne. Cela fit un bien fou à Lina.

Elle avait vécu une partie de son enfance ici, dans un foyer situé de l'autre côté de la voie ferrée, près de l'église Saint-Jean-Marie-Vianney. Son premier spectacle de la chorale, c'était là-bas, à la salle Jean-Lurçat. Il suffisait de se hisser sur la pointe des pieds pour apercevoir le haut du cube blanc où elle avait chanté en public pour la première fois.

Le parking du supermarché de quartier était désert. Plus loin, ils filèrent le long des hautes grilles d'un cimetière. Alors ils entrèrent dans un grand parc et marchèrent sur un chemin de terre, sous le dense feuillage de chênes centenaires. Ils ne voyaient plus grand-chose et avançaient à l'instinct.

Dès lors, Lina ne s'arrêta plus :

— L'accident a eu lieu en 2007, j'avais un an. On m'a placée en foyer en 2007. Ça, j'en suis certaine.

— Qui, on ? demanda Titouan.

Elle se rappelait la photo d'Émilie en compagnie de Louis, trouvée dans l'enveloppe kraft, au journal. Émilie avait la peau noire, elle devait probablement venir des Antilles.

Elle pourrait donc être la fille d'Émilie, oui, mais à part ça ? La forme du nez, des yeux, de la bouche, des oreilles. L'adolescente n'avait pas lu le nouvel article sur le site de *La Victoire*, elle ne le voulait pas. Mais Titouan était allé au bout. Et il contenait quantité de sous-entendus comme quoi Lina pourrait être, en définitive, l'enfant d'Émilie, celui abandonné par Louis.

— Je ne sais pas…

— Ce n'est pas possible, Lina… Enfin, tout ça, ce sont des putains de conneries. Il y a un nom consigné quelque part… Sur le disque dur d'un ordinateur, dans un registre… On n'est plus au temps où on abandonnait les bébés sur le pas des instituts… Tu avais un an… Même si ta mère meurt dans un accident, la société ne t'abandonne pas comme ça. Si, et je dis bien si, Émilie est ta mère, elle avait des amies, non ? Des parents ? Et tout ce beau monde aurait dit, OK, on abandonne la gamine, on la fout dans un foyer avec une petite carte sur laquelle on inscrit son prénom… Tiens, d'ailleurs, elle s'appelait comment la fille d'Émilie ? Elle lui avait bien donné un nom ? Elle s'appelait Lina, peut-être ?

— Si on m'a abandonnée dans un foyer, on n'a certainement pas laissé une carte avec mon identité. Lina, c'est le prénom qu'on m'a donné dans le premier foyer où on m'a recueillie…

Titouan était fou de rage parce qu'il ne comprenait pas. Tout cela dépassait son entendement. Il n'y croyait pas un seul instant.

— Mais l'enfant d'Émilie n'a pas pu disparaître d'un coup, comme ça, d'un claquement de doigts, il n'a pas pu être effacé… On va repartir mener l'enquête. Et là, crois-moi, on ne va pas se laisser embobiner par qui que ce soit.

Lina prit la main de Titouan dans la sienne. Elle avait froid. Cela la réconforta profondément.

— Et la photo ? Cette photo où je suis dans les bras de Louis…

Les larmes montèrent. Elle se contint pour ne pas les verser. Elle n'arrivait pas à y croire. Louis, dont elle partageait les instants de vie depuis près d'un mois, Louis l'avait prise dans ses bras alors qu'elle n'était qu'un nourrisson ? Elle continua :

— C'est moi, Titouan, tu peux me croire. Le bébé avec son ensemble violet et sa tétine avec les oreilles de lapin. C'est moi, tu entends ? J'ai une photo dans ma chambre où je suis habillée avec le même vêtement, la même tétine, sur laquelle je souris comme ça…

Elle mima maladroitement un sourire d'enfant, et Titouan en fut ému.

— Mais si tu as déjà vu cette photo de toi, répliqua Titouan, pragmatique, enfin je veux dire le bébé que Raphaël tient dans ses bras, c'est que c'est un montage… Un montage, Lina… Ils se foutent de notre gueule depuis le début, au journal… Ce n'est pas un quotidien, ce truc, c'est un putain de magazine people !

Ce que craignait Titouan – et Lina, même si ses pensées étaient légitimement plus égoïstes –, c'était que l'emballement autour de cette nouvelle révélation produise une bulle énorme autour de la finale de Vibrato. Comment tous les protagonistes allaient se comporter durant les sept prochains jours ? Ne devait-on pas stopper la compétition ? Reporter le dernier round ou même l'annuler ? Louis Raphaël buvait à nouveau de l'alcool et s'était accordé plusieurs cigarettes, en coulisses, pendant l'émission. Jade s'était renfermée sur elle-même, le jeune homme avait bien senti cette inflexion dans le comportement de sa mentore.

Ils continuèrent leur marche dans la nuit noire et parvinrent au bord d'un étang. Devant eux, la façade en pierres claires d'une basilique se distinguait du ciel foncé.

— On va retourner au journal dès qu'on le peut, proposa Titouan. Et on va demander à voir le cliché. Et puis, si on n'obtient rien là-bas, on continuera notre enquête ailleurs, dans ton foyer. On prouvera qu'ils mentent, qu'ils ont balancé cette info pour faire monter la chantilly jusqu'à nous faire dégueuler… On va continuer notre enquête, on ne va rien lâcher, Lina, tu peux compter sur moi.

Disait-il cela parce qu'il le croyait vraiment ou parce que cela lui permettait d'y croire ?

— Et Louis ? questionna Lina. Il détient peut-être la clef de l'énigme.

Son acolyte secoua la tête négativement.

— Je pense plutôt qu'il est une victime, comme toi. Et que celui ou celle qui vous fait souffrir comme ça, j'aurais une seule envie… C'est de lui tordre le cou…

Lina restait sonnée. Cette balade sur des terres connues avait permis de calmer une part de son angoisse. Mais cette nouvelle révélation lui donnait toujours le vertige. Elle était de ces nouvelles à même de changer une vie : son futur, mais aussi son passé.

Aurait-elle la volonté de mener cette enquête ? D'aller chercher les vérités et de débusquer les mensonges ?

Avec Titouan à ses côtés, tout lui semblait possible.

Dès le dimanche matin, le public amateur de Vibrato augmenta encore. Il ne s'agissait plus seulement des fidèles de l'émission. D'autres, qui ne l'avaient jamais regardée, se passionnèrent pour cette révélation autour de l'identité de l'enfant abandonnée.

Alors comme ça, depuis le début de l'aventure, le chanteur coachait la fille d'une ex-compagne, un nourrisson qu'il avait lâchement abandonné après un accident lié à son ivresse permanente… Cette Lina, seize ans, enfant méritante des foyers, à la voix sublime, au vibrato unique, qui avait trouvé dans la chanson un moyen de s'exprimer, de panser ses plaies, et, comble du destin, de retrouver ce père qui aurait dû être le sien !

Il y avait de quoi faire pleurer dans les chaumières, même les plus endurcis au bon sentiment.

Certains croyaient en une coïncidence, ou plutôt un signe du destin. D'autres expliquaient que tout était truqué depuis le début. Laurent Salin accorda un long entretien à un journal dominical, expliquant qu'il ne croyait que mollement à cette théorie, au fait que Lina soit la fille d'Émilie, qu'elle ait un lien avec l'accident. Il se dédouanait surtout, et réfutait les accusations de mise en scène qui ne tardèrent pas à pleuvoir. Il avait pour lui la chronologie des événements : Lina avait débuté Vibrato au début du mois de juillet, son premier casting avait eu lieu en août et Louis Raphaël avait démarré l'aventure au tout dernier moment, acceptant d'être le coach quelques jours seulement avant la première émission en direct de la seconde phase. Tout ça, le producteur pouvait le prouver.

Raphaël avait remplacé au pied levé le rappeur Killer Kill, qui était prévu à l'origine. Qu'avait-on à dire à ce propos ? Est-ce que c'était sa faute, à lui, Laurent Salin, si Killer Kill avait maltraité ses animaux domestiques et signé ainsi son arrêt de mort médiatique ? C'est un complot, cela, peut-être ? Alors ? Que pouvaient bien répondre ses détracteurs à cela ?

Les articles pleurèrent littéralement, en France, en Europe, aux États-Unis et jusqu'à Tokyo. *Télérama* préparait même sa une à propos de Louis Raphaël, trouvant (on ne se refait tout de même pas) un angle purement intellectuel, à la limite du psychanalytique, pour évoquer le sujet. Au Québec, on demanda à Céline Dion ce qu'elle pensait de la situation, elle qui était allée jusqu'à épouser son mentor.

Au palmarès des recherches Internet les plus populaires, on trouva, dans l'ordre du classement, « Louis Raphaël accident » « Louis Raphaël fille cachée » « Finale Vibrato » « Lina et Émilie » ainsi que « J'inceste pour vous le dire », qui était le titre d'une chanson de Louis Raphaël qui avait provoqué un immense scandale à sa sortie.

Sur les sites de streaming, les écoutes des titres de Raphaël flambèrent, ainsi que de ceux de Jade et des reprises chantées par Lina et Titouan lors des précédentes émissions de Vibrato. Ils se hissèrent au sommet du palmarès en France, détrônant les grandes stars du moment.

Ce fut dans ce climat exceptionnel que se tint la réunion de crise dans les bureaux de la société de production Oscillo.

VIBRATO

Lina et Titouan ne s'étaient jamais sentis aussi proches l'un de l'autre. Pourtant, à la réunion de crise, autour de la grande table, on les plaça l'un en face de l'autre, à l'opposé. Ils pouvaient s'adresser des regards mais ils n'étaient plus en mesure d'échanger à voix basse.

Lina prit place à côté de Louis Raphaël. Son coach n'avait pourtant qu'une hâte : quitter Paris et retourner dans sa maison normande.

Laurent Salin présidait d'un côté, et Isabelle Pélissier de l'autre. Après tout, l'assemblée avait lieu dans les bureaux de leur société, au second étage, dans une sorte de loft au toit de verre qui témoignait à lui seul de la manne que constituait Vibrato, année après année.

Pour cette dixième édition, pensa Salin, Oscillo pourrait même racheter le pâté de maisons tout entier, voire le quartier, qui sait.

Julie n'avait pas été conviée en première intention et s'en était vertement plainte aux deux producteurs, qui avaient fini par céder. Elle se tenait à droite de son fils, Jade se trouvait à gauche. Il y avait également du personnel de la maison de production ainsi que des responsables de la chaîne, dont trois du seul service juridique.

On était dimanche après-midi, il restait donc six jours avant la grande finale. Aussi il y avait urgence à éteindre l'incendie médiatique.

Salin ouvrit les discussions après les remerciements d'usage :

— J'aimerais que nous nous mettions tous d'accord autour de cette table. Après ce nouveau coup bas, nous continuons, n'est-ce pas ? Personne ne souhaite ici l'arrêt de Vibrato avant terme ? Ce serait donner foi à la calomnie.

— Il faut continuer et nous défendre, ajouta Isabelle Pélissier d'un ton affirmatif.

Salin se tourna vers Raphaël :

— Louis ?

— Affirmatif, approuva-t-il.

— Nous défendre, reprit la productrice, va consister à attaquer le journal en diffamation. Il ne faut pas obligatoirement que la plainte vienne de vous, Louis. Oscillo peut la déposer au nom de la marque Vibrato, en arguant du fait qu'on cherchait à nuire à l'émission.

— Mais on ne nuit pas à Vibrato, intervint Jade, tous ces trucs, ça en fait le programme le plus regardé de la télé…

Louis sourit à son ex-compagne.

— On va jusqu'à laisser entendre que Louis est le père de l'enfant d'Émilie, tonna Salin, avec emphase, et que cette enfant est Lina, ça dépasse les bornes, le sens du commun. Et pourquoi pas un test ADN pour éclaircir la situation ? On nage décidément en plein délire…

— C'est une idée qui n'est pas dégueu, ça, murmura Raphaël. Une petite piquouse, là (il désigna ses fesses avec son index), ou bien même juste un cheveu (il s'en arracha un), on fait pareil avec Melody, et hop, au labo… Ça tourne dans un centrifugeur, et le tour est joué !

— Il faut répliquer cette fois, intervint Julie. Ce n'est plus tenable. Tout le monde s'empoigne sur les réseaux sociaux. Et même devant les studios. Regardez ce qu'ils ont fait à Titouan… Bientôt, il y aura un mort !

— Louis, vous souhaitez ajouter un commentaire ? demanda Salin.

— *No comment.*

— À propos de cette photo où vous portez la petite fille dans les bras ? insista le producteur.

Le chanteur renifla fort, marqua une longue pause, puis consentit enfin à répondre :

— Ce n'est pas un tribunal ici, non ? Alors, je le répète pour la dernière fois : j'étais ivre mais je ne conduisais pas cette voiture. Émilie ne s'occupait pas ou peu de sa fille, et je ne l'ai rencontrée que deux ou trois fois. Je ne pense pas l'avoir jamais tenue dans mes bras. Je dis « je ne *pense* pas ». Et j'affirme que Melody, enfin Lina, n'est pas ma fille, est-ce bien clair pour tout le monde ici ? J'ai ma conscience pour moi. Le reste, ce n'est que de la variété…

Le style était sec, le ton cassant.

Lina posa sa main sur celle de son mentor. Il ne tremblait pas. Ses yeux étaient clairs. Il semblait redevenu sobre.

— Merci Louis pour cet instant de vérité, reprit le producteur. Nous allons donc coordonner la réponse avec nos équipes juridiques. En attendant, j'enjoins tout le monde à ne pas tenter d'initiative personnelle…

Il regarda Titouan, puis Lina pour bien faire passer le message à ceux à qui il était destiné en priorité. Julie sortit un mouchoir en tissu de sa poche, brodé aux initiales de son fils, et l'utilisa discrètement. Raphaël se mit à ricaner.

— Ça me rappelle un vieil adage : qui se sent morveux se mouche.

Julie lui décocha un regard torve.

— Ceux qui reniflent souvent devraient aussi y penser, répliqua-t-elle.

Louis balaya cette remarque d'un geste.

— C'est toi qui es derrière tout ça, hein ? Tu peux nous le dire, Julie.

— Tu divagues.

— Pourquoi tu ne te montrais pas lors des premières émissions ? Tu avais honte ? De qui ? De toi ou de moi ?

Julie s'était figée.

— C'est toi qui devrais avoir honte après ce que tu as fait.

— Tu étais en train de préparer ta réplique… Où as-tu trouvé la photo de l'accident ? Et celle avec l'enfant ? Comment as-tu fait !

Raphaël s'était levé.

— Parle ! Parle ! cria-t-il.

Julie se tut. Elle resta assise, plus raide que jamais. Pas question pour elle de quitter la pièce. Les protagonistes autour de la table avaient vécu la scène en apnée.

Titouan resta interdit, tout comme Lina. Que pouvait-il donc bien se passer entre ces deux êtres ? Raphaël, la star adulée, et Julie, la groupie. Telle était la distribution des rôles lorsque le chanteur était entré dans le casting. Mais maintenant ? Les deux candidats se lancèrent des regards interrogatifs. Lina lut dans celui de Titouan une strate supplémentaire de dépit, comme un appel à l'aide. Était-ce le moment pour eux d'évoquer leur enquête comme cette visite à Montargis ? Cette femme aux cheveux bouclés et aux lunettes rouges ?

Salin parvint à désamorcer la tension avant d'évoquer la suite des événements. Mais il flottait à présent un air mauvais dans la pièce. Le producteur proposa de consacrer tout de même une émission quotidienne à cette affaire, pour éclairer le public et que chacun puisse dire sa vérité.

Ils s'accordèrent pour la tourner le mardi. Louis évoqua une seule condition : que toute la clique se rende chez lui, dans son manoir de Normandie.

— Hors de question que je revienne à Paris avant vendredi prochain pour la préparation de la finale !

Il le martela avec son poing sur la table, faisant bondir les verres et les stylos.

— HORS-DE-QUESTION !

On accéda à sa requête.

Le service juridique de la chaîne jugea qu'il s'agissait là d'une décision pleine de bon sens, dans la mesure où on déciderait par avance de ce qui serait dit et expliqué, et que chacun des protagonistes s'engageait à agir avec mesure, sans animosité particulière, en s'en tenant aux faits et aux seuls faits.

Ce qu'ils n'entendirent pas, ce fut la réaction de Louis Raphaël, qui marmonna dans sa barbe naissante :

— Comptez là-dessus, mes petits gars…

PISTE 11

La Javanaise

Ce lundi du début d'automne fut doux sous le ciel de Normandie. Le soleil régnait dans un ciel sans nuage. Sur l'étang, les canetons étaient devenus grands et s'étaient enfin émancipés de leur mère, voguant en petits groupes, ou même seuls. Il ne pouvait y avoir, chez ces volatiles, aucune histoire de famille. Dans le jardin de la gentilhommière, sur les parterres et perchés hauts dans les arbres, les oiseaux chantaient avec l'insouciance des êtres heureux, de ceux qui se contentent de vivre un jour après l'autre.

On chantait aussi, derrière les murs épais.

On chantait puisqu'il n'y avait plus que cela à faire, qu'il restait ce seul espace de liberté. Les caméras tournaient mais Lina et Louis avaient fini par les oublier. Ils n'avaient pas échangé beaucoup durant le trajet retour du dimanche soir. Ils étaient exténués. Et Lina était partie directement se coucher.

Ce fut donc lors de ce nouveau matin, autour de la table du petit déjeuner, qu'ils se retrouvèrent vraiment. Raphaël ne mangea rien. Il se contenta de boire. Non pas du lait, mais une boisson gris-jaune, qu'il accompagna d'une cigarette.

— Je sais, je sais, soupira-t-il. J'en ai besoin un temps. Bah, tu appelleras ça de la faiblesse, mais moi, je sais que c'est une armure. Une armure qui me protège sur le coup mais me tue sur le long terme… Et alors ?

Lina ne commenta pas. Qui était-elle pour le sermonner à ce sujet ? Certainement pas sa fille, en tous les cas.

— On va travailler comme des dingues pour leur offrir à tous une belle finale, Melody. La plus belle des finales. Et les souhaits de Salin, eh bien il pourra se les rouler là où je pense… Ouais, Louis Raphaël va travailler, on est venu le chercher pour cette raison, si je ne me trompe pas ? Et puis, pendant ce temps-là, tout ce qui se passe autour…

Il tira une longue bouffée de tabac et la rejeta au-dessus de lui. Un gros nuage se forma aussitôt pour s'évaporer à la seconde suivante.

Lina se concentra sur ses vocalises. Elle se glissa près de Louis sur le siège étroit du piano et il lui apprit à jouer les premières notes des *Variations Goldberg*, de Bach, l'*Aria*. L'adolescente tenta de se concentrer au maximum mais la photo s'imposait à elle, ou plutôt les photos. Raphaël le sentit.

— Faut pas croire tous ces trucs-là, ils ne sont envoyés que pour nous faire du mal, pour tenter de nous détruire. Par des jaloux, des gens sans foi ni loi… Pas intéressant, vraiment… On va se réfugier dans le travail une fois passée l'émission de demain. Et puis, j'arrêterai l'alcool et la cigarette à nouveau, là, c'est temporaire, Melody. Je te le promets…

— Et Julie, la mère de Titouan ? Tu lui as parlé hier comme si tu la connaissais depuis longtemps…

— C'est une longue histoire… Ou plutôt, Melody, une vieille histoire… C'était juste après la rupture avec Jade.

Julie gérait une salle de concert à Brest. J'étais dans un tel état de faiblesse après le départ de Jade et de la môme… Ça n'a pas duré… Rien ne durait pour moi à l'époque. Sauf mes addictions à l'alcool, au tabac et à la baise…

Il se leva pour faire entrer un peu d'air frais. Lina détenait à présent la réponse à sa question. Julie et Louis avaient été amants. Ce que semblait ignorer Titouan. Sa mère était-elle mariée, à l'époque ? Ce n'était pas forcément nécessaire. Elle ne souhaitait peut-être pas raconter à son fils ses amours passées, tout simplement, même avec le grand Louis Raphaël. Quoi de mal à cela ? Quelle fierté aurait-elle pu en tirer aux yeux de Titouan ? Connaissant le jeune homme, certainement aucune. Mais cela expliquait, dès lors, l'attitude de Julie lors des premières émissions. Restaient les accusations du chanteur. Il pensait Julie capable d'avoir diffusé les informations. Par vengeance ? Lina osa lui poser la question.

— *No comment*, répondit-il.

Avait-il besoin de préciser que cette femme au tempérament de feu était capable de tout pour défendre ses intérêts ou ceux de son fils ? De cela, Lina en était absolument certaine.

Ils passèrent le reste de la journée à travailler. Les demandes de la production pour la future émission arrivèrent vers 15 heures. Louis Raphaël ne souhaita même pas les découvrir.

— Notre dernier duo, celui qui clôturera l'émission juste avant la fin des votes du public, devrait te plaire, dit Lina. Ils te demandent de composer une nouvelle chanson.

À 15 heures, il était passé à l'alcool ambré – un whisky – mais se rationnait à un verre par heure. À l'observer, Lina doutait qu'il soit capable de s'arrêter dès demain soir, après la quotidienne.

— Je me moque bien de leurs souhaits. J'avais dans l'intention de composer un truc pour nous, Melody. Rien que pour nous. Et puis pour leur faire fermer leur sale gueule aussi…

Ils travaillèrent jusqu'à tard, dormirent peu et continuèrent le mardi matin. Ensuite, à partir de midi, le grand barnum de Salin et Pélissier débarqua dans le manoir.

L'animateur dirigeait ses troupes avec autorité. On installa des fauteuils dans le salon, en cercle, devant le piano à queue.

— On va ressembler à une réunion des alcooliques anonymes, s'esclaffa Raphaël.

Il ne dit rien de plus. Pélissier s'inquiétait au sujet de l'état du chanteur. Elle le jugeait déjà bien alcoolisé pour le milieu de l'après-midi.

— Et qu'est-ce que je peux y faire ? rétorqua Salin. Je ne vais pas aller vider ses bouteilles dans l'évier, et puis quoi encore ? S'il balance deux ou trois conneries en direct, on fera avec.

Julie n'était pas venue. Jade passa l'après-midi à se promener dans le jardin avec Louis. Elle le fit pour lui faire prendre le soleil, brunir un peu sa peau plus blanche encore que d'ordinaire, mais aussi pour le tenir le plus éloigné possible de tous ces objets dangereux, dont il avait repris l'usage, qui étaient faits de verre et se terminaient par un goulot. Il fuma beaucoup néanmoins. On pouvait suivre leur duo en observant les volutes et en suivant l'odeur.

Titouan faisait grise mine. Il trouvait qu'il régnait ici comme une ambiance de fin de règne.

— Ou bien pire encore, chuchota-t-il à l'oreille de Lina, j'ai l'impression que la mort erre ici…

L'adolescente ne savait rien de ses dons de spirite.

— Ne te moque pas ! rétorqua-t-il.

Ce n'était pas dans les intentions de Lina.

— Maman est au trente-sixième sous-sol depuis leur altercation de dimanche. Appelle ça comme tu veux, un sixième sens, mais je crains que tout ça finisse mal…

Les paroles de Titouan glacèrent littéralement Lina. Elle ne l'avait jamais entendu évoquer l'avenir de manière si négative. Lui, l'enjoué et le confiant fait homme !

Il se justifia sans vraiment le vouloir :

— Il faut que je bouge ! On répète, avec Jade, mais elle n'est plus vraiment concernée, je le sens bien… On doit reprendre notre enquête, Lina… Tu es d'accord ?

Elle lui promit de l'accompagner au journal, dès demain.

La quotidienne de ce mardi fit exploser tous les records d'audience sur cette tranche horaire pour la chaîne. Plus de cinquante-cinq pour cent des téléspectateurs qui se trouvaient devant leur écran à cet instant s'étaient branchés sur Vibrato.

Salin fit un long monologue introductif durant lequel il démonta les insinuations du journal *La Victoire*, logiquement, comme deux et deux font quatre. Puis il donna la parole à chacun des protagonistes, tour à tour. Lina exprima sa confiance. Si elle était touchée ?

Comment ne pas l'être ? Mais toute l'équipe était à ses côtés, et ce qui la liait à Louis Raphaël lui donnait une force d'une vivacité inouïe. Titouan ne parvenait pas à sourire comme à son habitude mais se montra très positif. Et promit une soirée débarrassée de toutes ces conneries, seulement consacrée à la musique et à la chanson. Jade eut quelques mots vagues. On apprit ensuite qu'elle craignait l'intervention de Louis, qui prenait la parole en dernier.

Le chanteur, après quelques vifs reniflements, dit posément ce qu'il avait à dire à propos d'Émilie et de sa fille. Lorsque Salin remarqua que les mains de Louis tremblaient, il n'hésita pas à lui couper la parole afin de lancer un sujet à propos des invités prestigieux présents dans le studio pour la soirée de samedi.

Raphaël ne releva pas cette interruption autoritaire. Mais, dès le retour en direct, il prit la parole, sans demander l'autorisation.

— Il m'a coupé, le blaireau, là, alors que je n'avais pas terminé. Si on veut me faire taire, il ne fallait pas m'inviter…

L'animateur entendit Isabelle lui demander, dans l'oreillette, de reprendre l'avantage. Salin n'en fit rien.

— Je suis un insoumis ! J'emmerde la société du spectacle et toutes les sangsues, les cloportes, les insectes coprophages qui se nourrissent d'elle… Jusqu'à ma décomposition, je composerai ! Il n'y a que ça qui compte vraiment. On n'abat pas un rhinocéros, celui avec sa corne, avec des plombs pour moineaux !

Il fixa bien droit la caméra qui le filmait.

— Tu peux dire à ton cadreur de zoomer sur ma sale gueule, mon petit gars, pas compliqué de cadrer, non, au milieu de mes deux grandes oreilles ! La grande finale, c'est samedi. J'y mettrai tout mon cœur, et Melody aussi… Jade et Tristan… On sortira notre cœur pour vous de nos poitrines, on les exposera bien haut, bien sanguinolents, bien en vue. J'ai déjà eu une crise cardiaque. Ce qui prouve que, contrairement à beaucoup, j'ai un cœur. Pour le reste…

Le générique de fin fut lancé trois minutes et vingt-deux secondes plus tard. Isabelle se rua sur Louis, qui eut un réflexe pavlovien et se recula de plusieurs mètres.

— C'est parce que je suis sobre ? Que je ne pue pas l'alcool que vous me fuyez ?

— Arrière ! cria Raphaël.

— Votre petit numéro, là, d'alcoolo, c'est pitoyable, c'est passé de mode…

— Mon petit numéro, comme vous dites – vous, vous, vous ne méritez même pas le tutoiement –, eh bien tant qu'il y aura des donneurs de leçons ou des donneuses de leçons sur cette Terre, eh bien, l'alcool conserva quelque intérêt…

— Ne mettez pas votre faiblesse sur…

Louis Raphaël se raidit. Il ne reculait plus, il s'avançait.

— Faiblesse… Faiblesse… Ah ! Le mot, le mot ! Le mot qui blesse par-dessus tout… Je t'écoute… Parle-moi de mes faiblesses, qui ne sont que le miroir des tiennes…

Laurent Salin s'interposa. Il se posa à égale distance des deux protagonistes, la paume droite présentée à l'un, celle de gauche présentée à l'autre.

— Il ne me semble pas que la fin du prime de ce soir nécessite cette dispute, intervint-il, en accompagnant sa tirade rassurante de son sourire digne d'une publicité pour dentifrice.

Titouan et Lina assistaient à la scène, dans un état de stupeur avancé. Il y avait, dans leur attitude semblable, autant de confusion que de stupéfaction.

— Je suis persuadé, continua le producteur, que les spectateurs auront compris la gêne de Louis…

Il se voulait rassurant, Laurent, et puisque ni Isabelle ni Louis n'avaient l'intention d'en passer aux poings, ils se séparèrent, en haussant les sourcils, Raphaël peut-être un peu plus haut que Pélissier, question d'habitude. Il était temps de partir.

Titouan et Lina se donnèrent rendez-vous le lendemain au journal. Ils avaient hâte de savoir, au sujet de la seconde photo.

Sixtine Bucaille ne fut en rien étonnée d'accueillir à nouveau les deux candidats. Elle se doutait bien que la publication de la seconde partie de ce qu'elle appelait « l'enquête » allait provoquer cette seconde visite.

Une fois assise dans le bureau de la rédactrice en chef, Lina se montra très sèche, cassante même.

— Nous avions un accord, dit l'adolescente. Et vous avez prévenu Laurent Salin de notre précédente visite…

— Il s'en doutait, répondit la journaliste, en haussant les épaules. On ne peut pas cacher grand-chose à cet homme. Il a mille yeux. Lui mentir aurait été pire pour vous.

— Vous auriez pu nous laisser en juger, intervint Titouan.

PISTE 11

Le jeune chanteur se leva, il ne tenait plus en place.

— Nous venons pour cette seconde photo, continua-t-il. Comment vous est-elle parvenue, cette fois-ci ? Toujours une enveloppe kraft anonyme ?

Sixtine fit la moue.

— Je ne suis pas certaine, cette fois, de vouloir me montrer collaborative…

Elle regarda Lina.

— Je comprends que cela soit bouleversant pour toi, mais nous ne faisons que notre métier.

— Vous le faites bien mal, rétorqua la candidate. Je ne suis pas la fille d'Émilie. Cette photo est truquée, j'en suis certaine. Tout cela n'est qu'une machination.

— La vérité est ailleurs ! lâcha Sixtine Bucaille.

Ils insistèrent tout de même – ils n'avaient plus rien à perdre –, et la rédactrice finit par leur avouer qu'elle avait reçu la photo selon le même processus que la précédente.

— On peut voir l'original ?

Sixtine céda. Quelle était la véritable raison de sa faiblesse face à ces deux gamins ? Culpabilisait-elle un peu tout de même ? Ils ne cherchèrent pas à creuser, seuls les faits importaient à cet instant.

Pio et la rédactrice en chef les accompagnèrent à la photothèque, une pièce cubique, froide et sans fenêtre qui se situait au premier étage de l'immeuble. Là, Pio ouvrit un casier et disposa l'original de la photo sur une table métallique.

Lina se pencha. Elle vit, sans le grain d'Internet, sur du véritable papier glacé, le visage rajeuni de Louis, puis le sien, ce poupon qui était bien elle, Lina. Elle marqua le coup, eut un pas de recul et s'assit sur la seule chaise disponible dans cette salle.

— Vous êtes satisfaits ? demanda Sixtine, impatiente d'en finir.

Elle s'en voulait, à présent, d'avoir cédé. Surtout que ce Titouan, là, restait penché sur le cliché et qu'elle lui imaginait des loupes à la place des yeux, des lentilles de microscope, même.

Le Breton suivait les contours du visage du nourrisson. Il distingua un fin filament gris tout autour, qui jurait avec la veste beige de Louis Raphaël.

C'était un montage, à n'en pas douter ! Comment des journalistes aguerris avaient pu ne pas s'en rendre compte ! Où se situaient leurs intérêts ? Titouan ne devinait que trop bien. Il alla poser une paume protectrice sur l'épaule de Lina.

— Cette photo est un *fake* ! C'est visible, ça ne fait aucun doute ! C'est du bon boulot mais c'est du Photoshop…

Pio échangea un regard avec Sixtine. Cette dernière secoua la tête. Cela n'avait pas échappé à Lina. Le journaliste se lança :

— Rien ne nous le laisse penser, dit-il, d'un ton peu convaincu.

— Mais putain ! s'énerva Titouan. Vous avez essayé de trouver une photo de Raphaël qui ressemble à celle-ci… Dans laquelle il porterait sa fille en lieu et place de ce nourrisson ? C'est un montage ! Un putain de montage ! Vous n'auriez jamais dû publier ça ! Ce n'est pas du journalisme, c'est…

Il fit volte-face et envoya un grand coup de pied dans un des casiers. Ce fut comme si la rédaction tout entière se mit à vibrer sous l'offense.

— Je vais vous demander de quitter les locaux, tempêta Sixtine, d'un ton qui ne laissait pas la moindre marge de négociations.

Les deux acolytes sortirent du journal et se mirent à marcher en direction du square, la tête basse.

— Ils sont de mèche, au journal, tonna Titouan. C'est un montage, ça ne fait aucun doute… Ils se foutent bien de notre gueule, oui. Si ça se trouve, il n'y a même pas d'enveloppe kraft, ils ont tout fabriqué de toutes pièces…

Soudain, Lina se statufia.

— Je suis désolé, se radoucit Titouan, en lui prenant la main.

À cet instant, sans vraiment le comprendre, il éprouva une furieuse envie d'embrasser Lina, ce qui était parfaitement incongru.

— Cette photo… balbutia l'adolescente. Mais oui, je me souviens bien… La photo de moi, bébé… Je l'ai fournie à la production… C'est Samia qui avait réuni les papiers après le casting, pour finaliser l'inscription à Vibrato… Elle était dans les mains de la production depuis avril ou mai !

Titouan lâcha quelques jurons. Il se ravisa aussitôt. Il devait caresser sa douleur.

— Ça voudrait dire que Salin et Pélissier sont derrière tout ça… Qu'ils savaient…

— Si on fait un raccourci, oui, mais ça pourrait tout aussi bien être un employé d'Oscillo, la maison de production, qui aurait eu accès à ma photo et s'en serait servi ou bien l'aurait vendue à une âme malveillante…

— Plutôt quelqu'un qui n'a pas d'âme, corrigea Titouan.

Ils s'assirent sur un banc, à l'écart du petit square, au début d'une impasse où se trouvaient une enfilade de maisonnettes aux murs couverts de lierre.

Ils se serrèrent l'un contre l'autre, pour tenter de ne faire qu'un. Eux avaient une âme, peut-être trop épaisse, trop étendue, de celles qui dédaignent les plus petites, les rabougries en arguant de ne pas les comprendre vraiment.

Lina se tourna vers Titouan. Ils échangèrent des regards ardents. Ce furent des invitations, qu'ils venaient de se lancer au même instant.

Alors Titouan se pencha et embrassa Lina. Plus de tendresse ici, mais de la passion. Leurs lèvres s'entrechoquèrent, leurs émaux tintèrent, leurs nez se caressèrent.

Voilà combien de jours, voilà combien de nuits, voilà combien de temps que cet instant composait une image espérée dans leurs esprits ?

Oublier tout, un instant seulement, ne penser qu'à l'autre, laisser le reste suivre son cours.

À l'abri des regards pesants, ils s'embrassèrent, s'aimèrent enfin avec leurs corps. Ils n'auraient su la durée de leur étreinte, mais ils avaient un refrain dans la tête, celui qui dit que tout le temps qui passe ne se rattrape guère, et que tout le temps perdu ne se rattrape plus.

Lina caressait le corps de Titouan qui avait passé ses grands bras autour d'elle.

Leurs mains, la chair, le palpable, le vibrant, le vivant.

— Votre voix est fatiguée !

Jean Giotta avait délivré cette sentence après un rapide examen. Elle sonna, à l'oreille de Lina, comme un arrêt de mort. La production avait insisté pour que les deux finalistes se rendent chez le célèbre ORL, dans son cabinet près de l'Arc de Triomphe, pour une consultation en vue de la finale. Le praticien avait ausculté Titouan et tout allait pour le mieux chez le chanteur. Ses cordes vocales se trouvaient dans une forme parfaite. Si quelque chose avait changé chez le jeune homme, il fallait le chercher du côté de son attitude, de son comportement : il avait un air encore plus bravache qu'au début de la compétition.

Pour Lina, la situation était différente. Un examen attentif de son organe vocal avait donné quelques signes d'inquiétude à Giotta.

— Ce n'est pas grave, évidemment, mais il y a quelques signes de déshydratation. Vous devez avoir trop forcé, ces derniers temps, et puis il y a aussi le stress…

Il ne détailla pas. Le médecin et sa patiente connaissaient assez le contexte qui entourait cette finale. Giotta abandonna l'examen, regagna son bureau et pria l'adolescente de s'asseoir face à lui.

— Mettez-vous à l'aise, je vous en prie… Est-ce que vous appréhendez, Lina, la soirée de samedi ?

— Pas plus que les autres soirées, répondit-elle.

— J'ai du mal à vous croire… Je vais vous expliquer comment fonctionne le stress, Lina. Il n'y a rien de mieux que de connaître un processus pour mieux le réguler. Je m'excuse par avance si j'emploie des termes quelque peu abscons, mais je vous sais assez intelligente pour en saisir le sens…

Il se pencha vers elle.

— Le stress pour notre corps, c'est un peu comme la fièvre… Un état que l'on juge désagréable mais qui agit positivement finalement. La fièvre, c'est une arme pour notre corps. En élevant la température, en se plaçant en surrégime thermique, notre organisme se débarrasse d'un grand nombre d'hôtes indéniables, comme des bactéries, des virus, des champignons qui sont la cause de notre maladie. Le stress, Lina, agit pareillement. Lorsque vous entrez sur la scène, votre cerveau stimule l'hypothalamus, c'est un petit organe qui se situe à la base de notre cerveau et qui est le centre de nos émotions. Il ordonne la sécrétion de la fameuse adrénaline qui entraîne une accélération de votre rythme cardiaque, de votre pression artérielle. Par conséquent, le cerveau est mieux oxygéné et plus vigilant, vos capacités auditives et visuelles s'accroissent. Votre force intérieure est à son maximum. Alors, certes, vous êtes anxieuse, votre bouche et votre gorge s'assèchent. Si l'adrénaline exagère, ce sont les maux de tête, les reflux gastriques qui peuvent abîmer vos cordes vocales et changer votre voix… Mon rôle de médecin, c'est de vous prodiguer des conseils pour vous maintenir dans ce bon stress, de faire en sorte que l'adrénaline ne s'emballe pas…

La candidate écoutait attentivement. Le ton bienveillant du médecin la rassura.

— Vous vous souvenez du conseil que je vous avais délivré, ainsi qu'aux autres candidates, lors du séminaire au tout début de Vibrato ?

Lina approuva :

— Vous nous aviez conseillé d'avoir une présence amie dans le public…

— Absolument ! C'est ce que j'appelle le transfert émotionnel passif. Ce proche, vous pourrez le regarder, il sera comme un phare pour vous, et, en le voyant, vous ressentirez ses ondes positives et rassurantes… Qui sera dans le public, pour cette finale, Lina ?

— Samia, la directrice du foyer. Et quelques copains que je n'ai pas vus depuis longtemps…

— C'est parfait ! dit Giotta en ouvrant ses bras en grand.

Mais il n'y aurait pas qu'eux, pensa Lina. Sur scène, elle pourrait aller puiser force et courage en échangeant avec Titouan, avec Louis. Elle entrerait sur le plateau avec son hypothalamus en feu mais elle trouverait, comme les autres fois et malgré la pression extérieure toujours plus forte, de quoi dominer son stress.

— Et pour ce qui est de la sécheresse de mes cordes vocales ? demanda-t-elle.

— Ah oui ! J'allais oublier l'essentiel…

Le médecin bondit de son fauteuil et se rendit dans une petite pièce attenante à son cabinet. Lina l'entendit farfouiller.

— Voici ! dit-il, en lui tendant une boîte rectangulaire de taille moyenne. C'est un nébuliseur. Je vous conseille de vous en servir le matin et le soir, et ce, jusqu'à samedi compris. Il suffit de remplir le réservoir d'eau légèrement salée et de placer le masque sur votre bouche et votre nez.

Lina découvrit l'ustensile qui lui fit penser au masque à oxygène des services d'urgences.

— L'appareil transformera l'eau en vapeur et cette vapeur viendra hydrater en douceur vos cordes vocales. Ce ne sera pas très agréable, mais nous cherchons surtout l'efficacité si près de votre dernière performance, n'est-ce pas ? Vous lirez la notice. Avec cela, vous devrez être parée pour la grande soirée…

Ils discutèrent encore. Lina souhaitait parler de Louis. Elle savait que Giotta, en plus d'être son médecin, était son ami. Elle posa délicatement le sujet à propos de sa reprise de la cigarette et de l'alcool.

— J'en suis peiné, soupira le praticien. Et je tenterai l'impossible, une fois tout ceci terminé, pour qu'il arrête à nouveau. Il me l'a promis.

— Il me l'a promis à moi aussi.

— Eh bien, nous serons tous deux témoins. Les circonstances sont ce qu'elles sont, et Louis a choisi le mauvais traitement pour gérer des soucis profondément ancrés en lui…

L'adolescente salua le médecin. Elle allait rentrer en Normandie, justement.

— Prenez soin de lui, Lina, dit Giotta en lui serrant la main fermement.

La candidate était sa dernière patiente de la journée. L'ORL se rassit derrière son bureau, l'air plus pensif que jamais. Il lâcha un gros soupir avant d'ouvrir l'écran de son ordinateur portable et de tapoter avec fébrilité sur son clavier.

Il s'arrêta et cliqua sur un dossier bleu marqué du nom « Raphaël » et du prénom « Louis ».

Il contenait plusieurs clichés radiographiques, une IRM, un rapport d'analyse biologique ainsi qu'un document de traitement de texte. Le médecin observa à nouveau avec beaucoup d'attention les documents. Il plaça le curseur en bas du document et alla se préparer une tisane de thym dans la pièce d'à côté. Il revint avec son breuvage et se mit alors à écrire. Derrière ses lunettes, ses yeux paraissaient ternis par une tristesse presque douloureuse.

La rédaction lui prit une bonne heure. Il voulait être exhaustif dans son compte rendu et ne rien laisser de côté, explorer toutes les pistes. La situation nécessitait d'aller vite. Ce n'était pas encore une urgence, mais cela pourrait le devenir sous peu.

Il se relut deux fois, amenda quelques phrases, changea quelques termes.

Puis il fit basculer l'écran de son ordinateur et consulta son smartphone. Rachel lui avait envoyé trois messages. Elle l'attendait à l'Opéra Bastille pour la première de *La Flûte enchantée*, avec dans le rôle de Tamino et de Papageno, deux de ses plus talentueux patients.

Giotta enleva sa blouse, l'accrocha au portemanteau et revêtit son blouson. S'il n'y avait pas trop de circulation, il pourrait même être un peu en avance. Sa secrétaire était partie depuis plus d'une heure. Il verrouilla lui-même la porte de son cabinet puis quitta l'immeuble.

Ce que le médecin ignorait, c'est que trois heures plus tard, tandis que sur la scène de l'Opéra Bastille, la Reine de la nuit chantait le virtuose « Der Hölle Rache kocht in meinem Herzen », trois individus vêtus intégralement de noir crochetèrent la porte blindée de son cabinet à l'aide d'un dispositif très évolué.

Deux restèrent dans la salle d'attente, pour faire le guet, tandis que le troisième, le plus petit, filait avec agilité jusqu'au cabinet lui-même, mal éclairé par les lampadaires de l'avenue. Dans la pénombre, il distingua sans mal l'ordinateur portable du médecin et s'en saisit immédiatement. Il le glissa dans un sac en tissu renforcé qu'il portait en bandoulière.

En revenant dans la salle d'attente, il se contenta de hocher la tête aux deux autres. Ils sortirent immédiatement, en fermant la porte avec précaution, pour ne pas risquer d'alerter quelqu'un dans l'immeuble. Il y eut un court chuintement.

Et puis ce fut tout.

Tout cela se passa en moins de temps qu'il n'en fallut à la Reine de la nuit pour tout avouer à propos de l'infernale vengeance qui brûlait dans son cœur.

Ce cambriolage eut une fâcheuse conséquence. Le jeudi matin, sur le site internet de *Stars !*, un magazine people bien moins recommandable que *La Victoire*, mais bien plus consulté aussi, un titre barrait en gros la page d'accueil. On retrouva immédiatement cette information sur la plupart des réseaux sociaux. Elle avait été sponsorisée pour provoquer un maximum de clic.

Le titre était ainsi rédigé :

LA GRAVE MALADIE DE LOUIS RAPHAËL QU'ON VEUT VOUS CACHER

PISTE 12

Comic Strip

(instrumental)

Chrack !

— Tu pouvais bien courir, va, je savais que je te rattraperai vite... Pour qui te prends-tu ? Tu penses pouvoir échapper à la douleur, et même à la mort ?

— Tu es dingue... Complètement dingue... Tu cherches quoi ? À me tuer ? Tu veux me tuer ? Tu crois que tout ça mérite vraiment la mort d'un homme ?

— Ne me donne pas de leçon, pas toi et pas maintenant... Je ne veux pas te tuer, je veux que tu avoues la vérité, que tu me racontes tout, tout, tout, tu entends ? Je veux tout savoir depuis le début... Les photos, la virée à Montargis, tout ce putain de stratagème...

Vlop !

— J'ai mal... Mon épaule... J'ai l'impression de brûler tout entier... Et j'ai... j'ai... j'ai... perdu beaucoup de sang, ma tête me tourne... c'est comme si j'étais dans un manège qui tourne trop vite...

— Arrête tes conneries, tu n'es pas à l'antenne ! Dis-moi ce qui s'est passé, dis-le-moi et on verra ensuite pour te sauver... Peut-être...

Crap !

— Si je m'évanouis, ça va être compliqué de parler...

— Fais le malin, encore une fois, une des dernières fois…

— Tu trembles ? Je le vois au flingue… Tu trembles vraiment beaucoup…

— À cette distance, je ne risque pas de te rater, même si j'avais Parkinson, même en fermant les yeux… Et cette fois-ci, je viserai le cœur…

— Tu crois donc que j'en ai un…

— Ne paraphrase pas Louis ! Je te l'interdis, tu m'entends ! Ne parle plus de lui mais parle de toi !

Zip !

— Je n'ai jamais eu l'impression d'aller trop loin… Je me suis pris au jeu, oui, mais tout le monde en a bien profité, non ? Tu en dis quoi, toi ? Tu vas en retirer quoi de cette… dixième… saison… de… Vibrato ?

— Et ce qu'on a appris à propos de son cancer ? Ce n'était peut-être pas de trop, ça ?

— Je ne savais pas pour le cancer, je le jure ! Je n'étais pas au courant… Bon… Je vais parler… Essayé d'être bref pour tout te dire avant de m'évanouir…

— Je t'écoute.

— Si je pouvais encore rire, j'en aurais presque envie, tiens… Mais, ça me fait me secouer et j'ai l'impression que ça déchire ma plaie… Regarde où je vais me confesser… Dans un champ, en Normandie… Tragique…

— Épargne-moi tes sarcasmes. Tu ne pourras jamais t'empêcher de nous infliger ton putain de complexe de supériorité, hein, partout, tout le temps… Pervers narcissique jusqu'au bout…

Tchlack !

— On se connaît depuis plusieurs mois mais… tu n'as toujours rien compris sur moi…

PISTE 12

— Garde ta salive pour tes explications. Je veux tout savoir. Tu vas tout reprendre depuis le début

— Oui… Penche-toi… Plus près… Voilà… Alors… D'abord, d'abord, y a Louis, lui qu'est comme un paumé, lui qu'a un gros cœur, vu qu'y' sait plus chanter, tellement qui boit, tellement qu'il a bu…

Bang !

♫

PISTE 13

Dépression au-dessus du jardin

Ainsi, ils avaient osé aller jusque-là. Bien plus loin qu'auparavant, dépassant les frontières de la décence. Cela ne l'étonnait pas plus que cela, en vérité.

Parler de son polype cancéreux aux cordes vocales. Jean Giotta lui avait appris la nouvelle seulement quelques heures auparavant.

Le seul point positif à faire émerger de ce monceau d'ignominies, pensa Louis, c'est qu'ils ne pourraient pas aller beaucoup plus loin.

On allait donc bientôt basculer sur la pente descendante, tout comme lui.

Les deux clichés, celui de l'accident puis celui avec le bébé, cela mettait en cause le Louis d'avant, celui qu'il n'était plus vraiment. Mais là, la maladie, c'était le chanteur de maintenant.

Salin l'avait appelé lorsque la nouvelle avait été rendue publique :

— Ne vous inquiétez pas, Louis, on va gérer avec votre avocat (il n'en avait plus depuis longtemps). Et puis, là, ils soufflent le chaud après avoir soufflé le froid. De bourreau, vous devenez victime, vous n'avez rien à craindre de plus.

Raphaël n'avait rien répondu ni émis le moindre

commentaire. Il s'était contenté de raccrocher purement et simplement au nez du producteur.

Il se sentait essoufflé, le cœur plus gros que d'ordinaire qui battait anarchiquement dans sa poitrine. Cela aurait dû l'alerter…

Putain d'émission, putain de Vibrato, tout de même !

Lorsqu'il s'était posé la question au sujet de sa participation, il mettait justement dans la balance tout ce qu'on lui faisait subir avec toutes ces révélations idiotes. Et, pourtant, il était revenu sans avoir vraiment hésité. Pourquoi ? Bon Dieu… Mais par amour pour Jade, en premier lieu, la femme de sa vie qu'il n'aurait jamais dû laisser partir, et puis pour Lina, sa Melody, qui avait cette timidité apparente qui dissimulait en réalité un tempérament de lave, brûlant et emportant tout sur son passage, sans distinction aucune.

Alors, puisqu'il avait débuté l'« aventure », comme répétait ce maudit Salin jusqu'à en dégueuler (mais qu'il s'étrangle avec ce putain de mot), Louis allait la clore, l'aventure, et dignement, génialement espérait-il même.

Il voulait que le talent de sa Melody brave les ondes télévisuelles et se répande dans tous les salons de France et d'ailleurs, qu'il éclabousse partout, et qu'il laisse, surtout, des taches vivaces dans les esprits.

Il allait lui écrire une chanson. Il en possédait déjà le titre, depuis fort longtemps, depuis sa rupture avec Jade. Ce serait *Mes amours exsangues*. C'était ce titre dont il avait toujours rêvé mais qu'il n'avait jamais écrit, de peur de le rater et de le gâcher.

Il le chanterait en duo mais le chanteur lui laisserait les plus beaux mots, les plus belles phrases, les envolées.

Il se contenterait des miettes avec satisfaction, et même avec bonheur.

Là, il était dans son salon, paisiblement assis devant son piano. Devant lui, un carnet et un crayon de papier. Sur le petit guéridon, à sa droite, une bouteille de Lagavulin seize ans d'âge, un cendrier et un paquet de brunes. Il allait composer et écrire. Et aussi boire un peu et fumer raisonnablement.

Vingt ans auparavant, comment aurait-il vécu l'instant, le déballage constant, les nouvelles – vraies ou fausses – qui se retrouvaient en une des journaux, faisant de lui un sujet de conversation au même titre que ces fichus connards d'hommes politiques ? Cela dit, lui ne prenait pas de décisions à même d'emmerder les gens, non ? Au mieux, il leur apportait du plaisir, au pire, ils n'avaient qu'à ne pas l'écouter… Alors pourquoi toujours figurer, paraître, se trouver au centre de l'attention…

Mais qu'on le laisse tranquille une bonne fois pour toutes !

À l'époque, il serait rentré dans une rage dévastatrice, aidé en cela par la boisson. Il serait passé aux invectives, aux insultes, il aurait eu envie de briser des objets, de casser des gueules… Il était ivre du matin au soir, il se montrait désagréable, écœurant même, avec ceux qu'il détestait – ce qui était normal – mais aussi avec ceux qu'il aimait – ce qui l'était bien moins. Il s'était souvent comporté en con. Mais Louis avait toujours pensé que la connerie, c'était la décontraction de l'intelligence. Alors il pouvait se permettre de l'être un peu, quelquefois, juste comme ça, en passant.

Il n'aurait jamais été comme ça si on avait juste respecté sa personne, si on l'avait laisser peindre, tout d'abord, dans sa jeunesse, puisque cela avait été sa première passion, puis si, ensuite, il avait eu la possibilité de composer, chanter, créer et s'exprimer sans avoir à voir personne ni à se justifier de rien. Voilà : être aimé en tant qu'artiste, adulé même, soyons fou, mais sans avoir à le subir, juste à l'apprécier. Pas de fausses amitiés liées à un intérêt quelconque, plus de faux plaisir, et moins d'argent pour ne pas se sentir trop en sécurité, ou alors des flots de monnaie mais qu'on devait dépenser à toute vitesse pour reprendre le métier sans coup férir.

Et puis, surtout, au cœur de tout cela, de cette vie idéale qu'il n'aura jamais vécue, Jade, leur fille, leur petite-fille.

On lui avait souvent jeté à la gueule son succès comme une circonstance aggravante de son alcoolisme et de ses excès… Quoi ? Un homme aussi aimé et apprécié que vous, cela devrait être solide, propre, heureux en toutes circonstances, et laisser loin les paradis artificiels. Et ceux qui ne sont pas connus et reconnus alors ? Le chanteur qui se sait génial et qui gratte à la station Lilas ? Le peintre talentueux qui expose dans la salle des fêtes de sa ville de banlieue ? Le romancier original, qui parvient encore à renouveler le genre, et qui essuie vingt lettres de refus des éditeurs ? Eh bien, qu'ils picolent, aussi, ou pas, rétorquait Louis, il n'avait pas à juger. Enfin, le succès, chacun mettait la jauge là où il le souhaitait. Un peu comme la fièvre (cela le faisait doucement rire car son ami Giotta utilisait souvent l'exemple de la fièvre pour illustrer ses propos). Il y a des organismes qui doivent rester couchés à 37,2 (°C), et d'autres qui pètent la forme encore à 38,6 (°C)… Et puis pourquoi se refusait-on à comprendre que son cerveau tournait trop vite, trop bien, avec de telles exigences ?

Alors, oui, Louis avait bu plus que de raison. Il avait d'ailleurs tout fait plus que de raison durant une dizaine d'années, jusqu'à risquer d'en crever. Il s'était dissimulé derrière cette autre personnalité. Peut-être aurait-il mieux fait de se cacher en Normandie avant que tout ne dégénère, s'enfermer comme il le faisait jusqu'à sa rencontre avec Laurent Salin dans le cabinet de son médecin… Il n'aurait peut-être pas écrit six cent trente-six chansons, son décompte actuel, mais cinq, dix mille, qui sait.

Enfin, six cent trente-sept.

Il avait passé la nuit entière à en composer une autre, qu'il se devait à présent de travailler de jour.

Cet après-midi, dans son manoir, Louis était seul. Melody s'était rendue à Paris, elle avait des rendez-vous en prévision de la soirée de samedi. Il comprenait, même si lui avait tout annulé. Elle voulait retrouver Titouan. Ce n'était pas à un vieil amoureux tel que lui qu'on allait pouvoir dissimuler ses sentiments. Ces deux-là s'aimaient et se désiraient. Bah ! Comment pourrait-il lui en vouloir… Il n'était pas son père, malgré ce qu'on clamait dans les rues. Et pour le reste, *no comment.*

Le chanteur avait demandé qu'on éteigne les caméras, qu'on le laisse tranquille. Et si la production s'en plaignait, qu'elle reprenne son salaire, tout le pognon, même, il n'en avait plus rien à foutre, de tous ces trucs. Ce qu'il voulait, c'était bien préparer la finale de Vibrato, qui serait sa sortie définitive de la vie publique. Il allait le faire pour Jade, pour Melody, et pour lui aussi un peu.

Pour Jade et Melody qui partageaient avec lui la seule notion qui vaille : elles ne pouvaient faire autrement que d'être elles-mêmes, en tous lieux et en toutes circonstances. Pas le genre à se composer un personnage, à surjouer, à mentir.

Tout lui. À jeun.

Louis se mit à renifler fort. Il éprouva une furieuse bouffée de nostalgie et eut envie d'appeler Jade, ici et maintenant. Il alla chercher son téléphone qui ne contenait plus que dix pour cent de batterie. Il appela et elle décrocha aussitôt :

— Viens, dit-il, il faut qu'on parle. Je dois te parler.

— De ta maladie, Louis ? Je suis désolée… Mais tu vas faire face, comme toujours. Ce n'est pas ça qui va te tuer, tout de même…

Elle ajouta, avec cette naïveté qu'il adorait par-dessus tout, et qu'il possédait aussi, enfouie au fond de lui :

— C'est interdit !

— Viens.

— Je ne peux pas, Louis, mais toi tu veux venir dîner ce soir ?

— Non.

— Tu peux me parler là ? Tu veux me dire quoi, Louis ?

Il resta muet. Il y eut un silence de trente secondes peut-être, un silence d'antan auquel ils étaient habitués.

— Rien. À quoi bon ? Je t'ai déjà tout dit dans mes chansons.

Il raccrocha.

Bien. Il restait donc à écrire la dernière, sur sa vie passée qui vient se percuter à son présent. Sur tout ce qu'il a vécu et qui revient comme un boomerang.

Mieux vaut l'écrire maintenant qu'il y a vingt ans de cela, non ? Il aurait plus à dire, plus à raconter. Sa pensée complexe allait tenir en une cinquantaine de vers et quelques accords, peu nombreux. Il souhaitait une mélodie lancinante, qui reviendrait souvent le chercher, lui et l'auditeur.

Il joua quelques notes. Il fuma. Il rejoua. Il était satisfait de sa mélodie. Cela lui rappelait vaguement un morceau classique que son père jouait souvent. Et puis non. Il la reprit.

C'était ce qu'il appréciait dans la musique, ce qu'il éprouvait lui, en écoutant une œuvre sensible, d'importance, celle que le créateur a écrit en toute sincérité, sans jouer d'une quelconque posture. Une chanson, c'était une émotion immédiate. On pouvait pleurer en l'entendant pour la première fois, et se souvenir toujours de cet instant, toute sa vie durant… Une mélodie, un vers, une rime, on les liait souvent à des moments de son existence, heureux ou malheureux et ils nous permettaient, dans le premier cas, de les revivre avec grâce, ou, dans le second, d'atténuer la douleur vécue.

On ne pouvait pas dire cela de tous les arts…

Louis s'était intéressé de près au syndrome de Stendhal, que le célèbre écrivain avait éprouvé en contemplant les fresques de la coupole de la chapelle Niccolini, à Florence. Il avait ressenti un moment sublime, comme s'il se trouvait rempli de sensations célestes et qu'il n'était plus dans la vraie vie mais dans l'art même. Et il s'était imaginé parfois, avec beaucoup de prétention, qu'il pourrait y avoir un syndrome de Raphaël, et que des femmes et des hommes pourraient aussi, à l'écoute de ses compositions, tomber en pâmoison, ou même en syncope, saisis par le sens profond de la musique et des mots mêlés.

Un artiste, quel qu'il soit, ne doit-il pas toujours et en toutes circonstances se montrer ambitieux ?

Quand allait revenir Melody ? Il voulait lui faire écouter les premières notes de leur titre pour la finale. Elle ne devrait pas tarder. Ils dîneraient ensemble ce soir, du saumon fumé et des petites crêpes où ils étaleraient de la crème et de la ciboule fraîche. Il faudrait de la vodka aussi, pour lui seulement, évidemment. Et puis ils chanteraient tous les deux.

Louis entendit à cet instant la sonnette du manoir. Il bondit, comme s'il se trouvait sur un ressort. Il alla lui ouvrir.

— Viens, viens, dit-il. Je ne t'ai pas tout écrit, encore, à toi…

Il lui prit la main, la fit assoir sur le canapé et retourna devant son piano.

— Tu as faim ? J'ai de quoi faire… Tu as soif ? Ou bien Titouan t'a rassasiée ?

— Je crois bien que nous nous nourrissons l'un l'autre, répliqua la jeune chanteuse.

Louis reprit un verre de whisky. Énorme. À en déborder.

— C'est formidable ! Mais écoute… écoute, ma Melody….

Un couplet lui vint, comme ça, d'un coup, un assemblage de mots rythmés, dont les sons s'harmonisaient parfaitement dans sa composition, s'y lovaient avec grâce.

Il se pencha sur son piano et joua quelques notes. Il voyait bien pour la première phrase une mesure simple sur les quatre premières syllabes, puis une accélération ensuite.

Lina ferma les yeux. Elle laissa passer une première salve de notes, avant de les recouvrir de sa voix plus maîtrisée que jamais. Elle ne déborda en rien.

— Oui, oui, l'encouragea Louis. Plus de vibrato, *exit* ton vibrato…

— Quel vibrato ? questionna Lina.

Louis composa un nouveau couplet. Elle avait raison, cette jeune artiste… Plus de vibrato… Jamais, jamais… Quel mot abject, en vérité ! Il devait laisser le passé derrière lui pour avancer. Lina n'était pas Jade, n'était certainement pas toutes les autres pour qui il avait écrit.

Lina écouta les notes, devina les paroles, les rimes. Ils composèrent ensemble cette chanson.

Louis la reprit. C'était bon.

Non, ce n'était pas bon. C'était au-delà.

Louis Raphaël sourit.

— Tu en penses quoi ? demanda-t-il, tel un petit garçon qui montrait un dessin grossier pour se rassurer.

Lina ne répondit pas.

Alors il continua.

PISTE 14

Plus dur sera le chut

Le samedi matin, jour de la grande finale de Vibrato, Julie se fit agresser dans le grand hall de la gare Montparnasse. Elle avait fait un rapide aller-retour à Quimper pour régler quelques soucis liés à son métier de régisseuse. Pour passer tout le déroulement de Vibrato auprès de Titouan, elle avait pris un congé sabbatique, et celui-ci touchait donc à sa fin. Cela se déroula tandis qu'elle demandait un café à un stand de restauration. Lorsque le serveur lui tendit son gobelet, un homme d'une cinquantaine d'années, habillé d'une veste et d'un pantalon rouge, s'approcha d'elle et donna un violent coup dans le gobelet. Julie eut la présence d'esprit de se reculer et ne reçut aucune goutte du breuvage brûlant sur son visage. Son agresseur lui prit alors le bras et commença à la secouer en lui assénant des injures.

— C'est toi qui as tout manigancé pour détruire Louis ! Tu peux l'avouer, non ? C'est toi qui as parlé au sujet du cancer ! Dis-le ! Dis, dis !

Des militaires en faction dans la gare allèrent secourir la mère de Titouan. Ils maîtrisèrent sans le moindre problème l'agresseur et le conduisirent auprès des forces de l'ordre. Elle s'en sortit indemne physiquement, avec juste une petite douleur au bras et à l'épaule mais cet épisode fut très douloureux pour Julie. Elle était la protagoniste de Vibrato la moins médiatisée : cela n'augurait rien de bon pour la suite. Depuis la gare, elle appela Laurent Salin pour lui raconter cette pénible scène. Le producteur, visiblement peiné, lui envoya aussitôt une voiture qui la conduisit au studio d'Aubervilliers afin qu'elle retrouve son fils, et la troupe tout entière, au plus vite.

On apprit plus tard que l'homme était un fan de Louis Raphaël depuis toujours. Il suivait Vibrato depuis l'arrivée du chanteur dans le programme, ne ratant aucune minute du programme, n'hésitant jamais à se passer plusieurs fois la même émission. Il achetait toutes les revues qui évoquaient l'émission et passait plus de trois heures par jour à pêcher sur Internet des informations. Se prétendant médium, et faisant commerce de cela, il avait vu la mort prochaine de Raphaël dans les cartes de tarot, une mort violente qui n'était pas la conséquence de sa maladie. Bouleversé au plus haut point, il avait cherché à régler son compte à Julie qu'il estimait être la grande prêtresse de tout ce déballage.

Ce ne fut pas le seul incident à déplorer à quelques heures de la dernière émission. Tandis que Lina s'octroyait une promenade matinale dans le parc de la propriété de Louis, afin de prendre une grande bouffée d'air frais avant de retrouver l'atmosphère confinée du studio, elle s'était retrouvée nez à nez avec deux jeunes femmes, d'une vingtaine d'années, sur le petit sentier qui longeait la propriété au nord, derrière l'étang. Les deux fans de l'émission avaient fait le mur afin d'échanger quelques mots avec Lina. Au début le ton fut amical si bien que Lina décida de ne pas se braquer contre ses visiteuses intempestives, de peur de leur réaction. Elle leur fit tout de même observer qu'elles n'étaient pas invitées. La situation dégénéra aussitôt. La plus petite des deux se mit à insulter Lina, tandis que l'autre en rajoutait.

— Je t'avais dit qu'elle se sentirait plus pisser, celle-là…

Leurs regards s'étaient allumés d'une étrange façon, Lina put y déceler comme un grain de folie. La candidate, que la peur commençait à étreindre, tourna les talons. Elles la poursuivirent dans le parc en l'insultant. Lina se mit à courir aussi vite que possible. Son cœur battait à en faire craquer les os de sa cage thoracique. Fort heureusement, elle tomba sur les trois techniciens de la production qui démontaient les caméras et la petite régie installée au rez-de-chaussée de la maison. Ils firent décamper les deux intruses sans attendre. Louis ne s'était aperçu de rien, il dormait encore.

Enfin, ce fut Titouan qui se retrouva pris à partie tandis qu'il se rendait à pied depuis son hôtel jusqu'à l'appartement de Jade pour une dernière répétition. Ils avaient encore quelques réglages à effectuer pour leur duo de clôture. Dans le jardin du Luxembourg, à hauteur de la statue du *Faune dansant*, un groupe d'adolescents le reconnurent et se mirent à l'insulter copieusement, lui reprochant un peu tout et n'importe quoi au sujet de sa participation à l'émission, son manque d'implication pour certains, son pédantisme pour d'autres. Il chercha à les ignorer et ne leur accorda que peu d'importance. Le groupe répandit ses invectives jusqu'à la porte cochère de l'immeuble où habitait sa mentore.

Autour des studios, c'était l'effervescence. Une foule considérable s'était réunie pour guetter l'arrivée des candidats, de leurs coachs mais aussi des prestigieux artistes invités pour la finale. La production avait demandé au préfet un renfort supplémentaire de CRS afin de circonscrire de possibles incidents.

La tension autour de l'émission était à son paroxysme.

Pourtant, à l'intérieur de cette antre du spectacle, il régnait un silence apaisé. Le professionnalisme des techniciens et la concentration des divers acteurs permettaient ce contraste saisissant avec l'extérieur.

Lina, Titouan, Jade et Julie arrivèrent juste avant le déjeuner. Louis avait prévenu : il ne viendrait qu'au tout dernier instant, quatre heures seulement avant la prise d'antenne pour les ultimes répétitions.

Les deux candidats s'étaient retirés dans la loge de Lina. Il s'agissait là de leur cocon. Ils en avaient plus que besoin. Ils s'étaient enfin retrouvés. Ils restèrent un long moment assis sur le canapé, à s'embrasser, puis Lina lova sa tête contre l'épaule solide de Titouan en attendant d'être ramenée à leur notoriété.

Les derniers jours, ils les avaient intégralement passés avec leurs mentors, ce qui avait été une souffrance et un plaisir mélangés. Jade avait obtenu un titre inédit de la part de TrustIn, le groupe irlandais, qu'elle allait donc chanter avec Titouan. Ils l'adoraient tous les deux, les variations de ton et de rythme étaient nombreuses, cela pouvait rappeler le *Bohemian Rhapsody* de Queen, avec la partie opératique en moins, ce qui tombait sous le sens car ni la coach ni son élève auraient été en mesure de le chanter. Du côté de la Normandie, Louis et Lina avaient passé le plus clair de leur temps à répéter *Mes amours exsangues*, le titre inédit qui tenait tant au cœur du chanteur depuis toutes ces années. Il était enfin parvenu, grâce à Melody notamment, à le terminer. Lina l'adorait, surtout parce qu'il lui avait écrit un morceau où elle n'aurait pas à montrer sa puissance vocale, comme on la forçait souvent, mais bien sa sensibilité, son sens de la mesure.

À 14 heures, Laurent Salin et Isabelle Pélissier convoquèrent une réunion préparatoire, dans la grande loge qu'occupait l'animateur, où il serait question du déroulement de l'émission. Jade et les deux candidats découvrirent la liste définitive des invités :

— Il y aura donc Vianney, Zazie, Angèle, Ed Sheeran, annonça Salin avec enthousiasme, et l'invité mystère - dont on ne divulguera pas le nom en début d'émission –, Orelsan qui a accepté de rendre hommage à Louis à la toute fin du programme.

Il posa ses yeux sur Lina.

— Et, au fait, comment allait Louis ce matin ?

— Je ne l'ai pas vu, répondit l'adolescente.

Isabelle soupira :

— Mais globalement ? Depuis l'annonce de son cancer ?

Lina et Titouan échangèrent un regard. Ils n'aimaient guère le ton de la productrice. Il ne contenait pas le moindre affect.

— Tu veux dire depuis l'annonce par son médecin ou l'annonce par la presse ? questionna Titouan d'un ton sec.

— Ne joue pas au malin… Depuis que tout le monde le sait…

Lina sentit que Titouan était proche de l'explosion.

— Louis sera là ce soir et c'est tout ce qui vous importe, non ? poursuivit-elle. Il est très motivé, il a vraiment envie que la finale soit un super moment de chanson…

L'atmosphère se détendit un peu. Isabelle commenta le déroulé de l'émission :

— Tout d'abord, on ouvre avec le duo Lina-Titouan avant le générique. Ensuite, plateau, quelques reportages sur la semaine avant les solos de Lina, puis de Titouan. On lance les votes, puis coupure pub. Au retour : duo de Titouan avec Zazie, un solo de Jade, duo de Lina avec Vianney, solo de Louis. Deuxième coupure pub. Duo d'Angèle avec Lina et duo de Titouan avec Ed Sheeran. Rétrospective de Vibrato depuis la première émission, parcours des deux finalistes. Coupure pub. Duo de l'inédit avec Jade-Titouan, puis duo Lina-Louis. Hommage d'Orelsan à Louis. Fermeture des votes. Dernière coupure pub puis retour en plateau pour les résultats.

— On ne pourrait pas me faire chanter mon solo avant la deuxième coupure pub ? demanda Jade. Intervertir avec Louis ?

— Pourquoi ? demanda Isabelle.

— Parce que mon choix de chanson conviendrait mieux à la fin de cette séquence…

— Je ne vois pas en quoi, commenta la productrice. C'est non.

Mais Salin tempéra :

— On pourrait peut-être y réfléchir, ce n'est pas une mauvaise idée, loin de là…

— On ne va pas commencer à passer les caprices de chacune ou de chacun à quelques heures du direct… Et puis quoi encore ?

— Ce n'est pourtant pas un changement énorme, ajouta Titouan.

Jade lui dit de laisser tomber. Mais Lina lisait dans l'esprit du jeune Breton. Il n'avait rien contre le fait d'aller au conflit.

— Non ! répéta Isabelle. Et que chacun reste dans son rôle.

— Et toi ? enchaîna Titouan. Tu étais dans quel rôle lorsque tu es venue acheter cette photo de l'accident de Louis chez le journaliste à Montargis ?

Isabelle se trouva décontenancée.

— La photo ? Montargis ? Mais de quoi tu parles ?

— Tu n'es pas allée à Montargis, il y a trois, quatre semaines de ça pour acquérir la photo qu'on a vue ensuite en une de *La Victoire*, peut-être ?

— Qu'est-ce que c'est que cette histoire ? fit Salin, les sourcils si froncés qu'ils s'emmêlèrent.

— Je me suis arrêtée à Montargis, oui, avoua Isabelle. Mon assistant avait une course à faire ou de la famille à saluer, je ne sais plus. C'était un petit détour depuis Cosne-sur-Loire où j'avais assisté à un casting pour Vibrato Kids. Mais je n'ai pas acheté de photo.

— Je ne sais pas ce que ça a à voir ici, intervint Salin.

Il se tourna vers Lina.

— Vous avez continué votre enquête débile ? tonna-t-il, en se levant. Je t'avais pourtant prévenue que ça ne mènerait à rien ! Que c'était parfaitement inutile !

— Ne parle pas comme ça à Lina, l'avertit Titouan, qui se leva à son tour.

Ils se jaugèrent dans un silence appuyé.

— Oui, on a continué, approuva alors Lina. Et on a aussi la certitude que la photo avec le bébé est un montage.

— Vous croyez que c'est le moment ? s'emporta Salin. On n'a pas mieux à faire que de parler de tout ça ? Demain, si vous voulez… On posera tout sur la table… Mais pas maintenant… Par pitié, pas maintenant…

Les membres de la production présents dans la loge étaient sidérés. Salin et Pélissier sifflèrent vite la fin de la réunion.

Ce qui adoucit les mœurs dans le studio fut, cela ne surprendra personne, la musique. Platon, auteur de cette célèbre citation, gardait toute son actualité.

Louis Raphaël avait fini par arriver et il s'était enfermé aussitôt dans sa loge, ne voulant voir personne d'autre que Giotta, la maquilleuse, l'habilleuse et son coiffeur. Et puis Jade et sa Melody, bien évidemment.

Les répétitions, avec les invités, se déroulèrent merveilleusement bien, dans une osmose parfaite. Louis ne but pas une seule goutte d'alcool et fuma deux ou trois cigarettes seulement.

Il y eut aussi, et surtout, un moment de grâce finale après un ultime moment de tension.

À 18 h 30, le directeur artistique appela Louis sur la scène pour répéter le duo avec Lina qui s'y trouvait déjà. Il informa le chanteur qu'il y aurait un jeu de lumière tournant autour de la scène et dans le public, et le flot carmin des watts se déverserait ensuite, comme pour simuler une blessure qui s'ouvre, les amours exsangues, rendues pâles par le temps.

— Classieux, dit tout simplement Louis en le découvrant.

Il fut aussi informé que quatre danseurs torse nu, et vêtus de pantalon en flanelle noire, exécuteront une chorégraphie durant la chanson.

— Hors de question, protesta Louis. Je ne veux sur scène que Melody et moi, est-ce bien clair pour tout le monde ?

Il se reprit :

— Et les musiciens.

Le directeur insista un peu mais Louis ne l'écoutait plus, il s'était réfugié près de l'orchestre. Le sujet, pour lui, était définitivement clos. Il donna quelques consignes au groupe au sujet de son titre.

— Je veux quelque chose de très lancinant, une sorte de thème qui pourrait se répéter à l'infini… Je commencerai à jouer quelques notes au piano, sur le premier couplet de Melody et puis, basse et batterie. Batterie, surtout, je veux que ça pulse… Compris, les gars ?

Louis s'installa au piano, qu'on venait de faire glisser au centre de la scène, et Lina s'y accouda.

Les premières notes furent posées. Titouan, dans un coin d'ombre, écoutait avec attention cette chanson que lui avait tant vantée Lina.

L'adolescente débuta :

Moi le vieux troubadour
Retiré des affaires

Ils continuèrent encore un peu et puis Louis bondit de son siège et se rua en direction du batteur.

— Mais tu es qui, toi ?

Ce n'était pas la figure habituelle.

— C'est nul, lâcha-t-il. Hé ? Tu es réveillé ? Putain, mais on dirait que tes baguettes glissent sur tes cymbales. Et le passage de la caisse claire au tom basse… Tu vas boire un whisky entre les deux ? J'ai dit que je voulais entendre le rythme avant tout, ce n'est pourtant pas compliqué, merde ! Il faut que vous contrastiez avec nos voix presque murmurantes…

Le musicien dit qu'il allait mieux faire. Mais Raphaël ne décolérait pas et continua sa gueulante.

— Où est mon batteur ? demanda-t-il. Où est Steve ?

C'était un géant jamaïcain de plus de deux mètres, avec qui Louis avait déjà travaillé sur deux de ses albums.

— Je veux Steve. Là, ça ne va pas du tout. Pardon, mon petit gars, mais tu n'es pas à un thé dansant.

Lina s'était renseignée auprès du directeur musical de l'émission et informa son mentor que Steve était souffrant.

— Comment ça souffrant ? Et tout le monde ne doit-il pas souffrir un peu pour toujours mieux faire ? Je vais l'appeler, il viendra pour moi !

Le chanteur regagna les coulisses et passa son coup de fil. Il n'eut pas à parlementer longtemps.

— *Did you get my score ?* demanda-t-il.

— *Yes, Louis,* répondit Steve. *It's quite a piece. But I have the flu.*

— *I can't play this piece without you. Melody and you or I shoot myself, my* petit gars…[1]

Quarante-cinq minutes plus tard, Steve débarqua dans le studio. Il puait la crème fortement mentholée dont on se tartine les poumons pour mieux respirer.

---

1. Traduction en français :
— As-tu reçu ma partition ?
— Oui, Louis, c'est un sacré truc. Mais je suis grippé…
— Je ne peux pas jouer ce morceau sans toi. Melody et toi, sinon je me flingue, mon petit gars…

— Tu mettras une aspirine dans ton scotch, dit Louis, en le prenant dans ses bras.

Il se glissa à la batterie et Lina et Louis répétèrent *Mes amours exsangues* à deux reprises. Steve fut parfait.

Une forte émotion passa sur tout le plateau. Le jeu des lumières était parfait et les danseurs étaient allés se rhabiller.

Titouan, dans son coin, avait halluciné devant la beauté de la mélodie et les audaces du texte. Il attendit Louis et Lina pour rejoindre les loges. L'adolescente se demanda même si son compagnon n'avait pas pleuré.

— C'est sublime, balbutia le candidat, en sachant bien que ce mot était galvaudé et ne correspondait pas véritablement à ce qu'il pensait, au fond de lui.

— Merci, dit Louis, en souriant. Tous les compliments sont bons à prendre, surtout quand ils sont émis par quelqu'un qu'on aime…

— C'est très nouveau, et pourtant on se love à l'intérieur comme s'il s'agissait déjà d'un classique. Et puis c'est complètement à part de ce qu'on entend aujourd'hui…

Louis s'arrêta et plongea ses yeux clairs dans ceux de Titouan.

— Moi, j'ai toujours travaillé comme ça, tu sais. La musique, comme tous les arts, je la conçois comme une histoire de relais. Ceux que j'ai aimés me passent leur plume et je la passerai ensuite à des jeunes comme Melody et toi… Pour la passer à un confrère ou une consœur, il faut bien l'avoir pris de quelqu'un… La culture, c'est essentiel, hein… Moi, les peigne-culs qui se vantent de n'avoir jamais rien écouté d'autre que le tout-venant, qui ne révisent pas leurs classiques, *fouitch*… (Il fit le geste de quelque chose qui s'évapore). C'est pour ça que j'aime bien truffer mes musiques de vieilleries. Ou faire semblant d'écrire à la manière de… Être de son temps en respectant les classiques, c'est la recette… Tu peux prendre ça comme un dernier conseil, un peu comme celui d'un père à son fils…

Il se sentait bien. Il fit un clin d'œil à ses deux jeunes qu'il aimait vraiment puis remonta s'enfermer avec Giotta dans sa loge, après avoir été embrassé une dernière fois Jade avant le direct.

Une heure plus tard, on fit entrer les trois cents chanceux qui constitueraient le public de la finale. Le chauffeur de salle délivra ses consignes. On applaudissait déjà, les spectateurs exultaient avant même le début du splendide spectacle à venir. La finale de Vibrato pouvait enfin commencer.

Titouan et Lina passèrent leurs derniers instants ensemble dans la même loge. Le trac montait. Il s'agissait de faire honneur à leurs coachs, et au public. Cela, ils y parviendraient en ne gardant que le plaisir de chanter. Peu leur importait, au fond, de savoir qui allait gagner cette finale. Ils n'avaient jamais été ennemis, en vérité. Si l'un triomphait, l'autre gagnerait par la joie éprouvée. Avant, être premier aux jeux du cirque, c'était l'assurance de ne pas se faire dévorer par un lion. Autres temps, autres mœurs. Et puis, avec la médiatisation inouïe autour de cette saison, leur avenir était tracé à présent. Qu'on les laisse donc chanter !

Il ne restait plus rien de l'atmosphère vénéneuse dont l'émission avait été entourée depuis l'arrivée de Louis

Raphaël. On avait du mal à croire à une fin de règne, que tout allait se terminer avant minuit.

On ne pouvait pourtant pas si bien dire…

PISTE 15

L'anamour

(version live)

Sur tous les écrans, la portée musicale se forme, blanche sur fond rouge, des notes y sont projetées, noire, blanche, des noms apparaissent… Puis tout se dissipe, se distord, un visage se forme, il chante, la bouche crie…

« Vibraaaaa…to ! »

Le visage de Laurent Salin, plus souriant que jamais, apparaît alors.

— Bonsoir à toutes et tous, bonsoir chers amis ! Car oui, nous sommes devenus des amis au fil des semaines, en vivant ensemble cette formidable aventure de la dixième saison de Vibrato qui s'achève donc ce soir ! Dans un petit plus de deux heures, nous connaîtrons le nom, ou plutôt le prénom, du vainqueur de cette saison ! Notre Papillon de nuit, Lina ?

Le public se mit à hurler et à applaudir.

— Titouan ?

Il y eut la même intensité.

— C'est à vous de décider en appelant le 10 10 sur votre téléphone ou en envoyant un SMS au 3614, vous avez l'habitude. Le 1 pour Lina, le 2 pour Titouan ! Ces deux déjà grands artistes nous ont ré-ga-lé en ouverture de l'émission avec ce duo sur *Here Comes the Sun*, des

Beatles… Ils sont en train de se préparer en coulisses, vous pouvez les voir, chez vous, grâce à nos caméras secrètes… Et je vais donc profiter de cet instant pour faire venir sur scène nos deux coachs… Quelle saison pour eux aussi ! J'ai l'immense plaisir, mais surtout l'extrême honneur, d'accueillir Jade Jaeckin et Louis Raphaël !

Les spectateurs se levèrent pour accueillir les deux personnalités.

Pour le début de cette soirée, Jade portait une robe longue vert foncé. Un iris violet était accroché sur son cœur. Louis était vêtu d'un smoking. Il n'avait pas noué son nœud papillon qui pendait sur sa chemise blanche. Salin se trouva dans l'obligation de forcer son sourire. Louis avait bu avant d'entrer en scène. C'était visible. Ses yeux étaient mi-clos, un peu vitreux, et il reniflait plus que de coutume, heureusement loin de son micro. Pourtant, lorsqu'il se mit à parler, il parut totalement maître de lui :

— Je suis heureux d'avoir participé à ce programme, même si cela m'a valu quelques emmerdements extra-artistiques… Mais ce n'est rien à côté de cette complicité qui nous unit avec ma Melody…

Jade y alla de son petit couplet :

— J'ai été ravie de retravailler avec Louis, évidemment, et m'occuper de Titouan m'a fait rajeunir de trente ans…

— Nous ne sommes pas au bout de nos surprises dans cette soirée, reprit Salin, après avoir remercié les coachs. Qui, de vos deux élèves, Lina, notre Papillon de nuit, ou bien Titouan, va remporter la grande finale de Vibrato ?

— On s'en fout, ricana le chanteur.

Il y eut quelques huées dans le public, vite contenues par le chauffeur de salle qui posa un doigt autoritaire sur sa bouche.

— Titouan ! Lina ! reprirent les supporters.

Salin redonna le mode d'emploi du vote et insista bien sur le fait que les suffrages seraient définitifs après les duos entre les candidats et leurs mentors. Puis il lança des sujets sur la semaine des candidats.

Louis donna son bras à Jade qui le prit et ils sortirent de scène. Une fois dans l'obscurité des coulisses, la chanteuse se désolidarisa :

— Tu as picolé, Louis…

— C'est pour me donner un peu de courage, comme avant…

— Pas le courage de chanter, tu n'as jamais eu besoin de boire pour composer ou chanter.

— Non, Jade… Le courage de faire les pitreries qui vont avec… Comme notre petit numéro, là…

— Fais attention, n'abuse pas, n'abuse plus…

La chanteuse l'embrassa sur la joue avant de regagner sa loge. Elle ne revenait qu'après la coupure pub pour un solo. Étrangement, Louis resta dans les coulisses, accoudé contre un empilement de grosses caisses en acier. Il éprouva une furieuse envie d'allumer une cigarette, là, maintenant, mais c'était à présent interdit dans les studios. Alors il se mit à psalmodier des vers.

Lina entra en scène pour son titre en solo. Elle avait choisi *Diamonds* de Rihanna, une version acoustique, seulement accompagnée d'une guitare sèche, et sans choriste.

VIBRATO

Eye to eye, so alive
We're beautiful like diamonds in the sky

Elle transforma la chanson pour se l'approprier entièrement. Ce n'était plus de l'électronique pop ni un titre dansant mais une sorte de mélopée, sur un ton de confession très classieux, qui aurait pu être interprétée dans une église.

Le public fut décontenancé mais le vibrato de Lina, ses modulations et sa sincérité, surtout, emportèrent tout sur son passage. Lorsqu'elle quitta la scène, les jambes tremblantes, Louis la félicita :

— Tu as tout déchiré, Melody, la félicita-t-il, en l'embrassant. Tu as vu, je parle comme les jeunes maintenant. Je suis comme Jade, je rajeunis à vue d'œil…

Son haleine sentait le whisky. Une flasque était posée sur un caisson. Lina lui prit la main et ils restèrent à cet endroit des coulisses où on pouvait apercevoir la scène de biais. Titouan faisait son entrée. Il portait un pantalon patte d'eph' blanc et une chemise avec un col pelle à tarte barbouillée de petites fleurs multicolores. Il s'installa devant le piano à queue qu'on avait fait glisser sur la scène.

— Lui aussi va tout déchirer, commenta Louis, après avoir avalé une grande rasade qui lui permit d'arrêter de trembler.

Lina n'en doutait pas. Mais ce qu'elle entendit dépassa l'entendement. Titouan avait choisi, sciemment et en accord avec elle, *Bridge over Troubled Water* de Simon & Garfunkel. Il s'accompagnait au piano. Deux titres acoustiques, où leurs voix devaient porter la seule émotion, où aucun instrument, aucune note superflue ne seraient en mesure de les aider ou bien de dissimuler un quelconque défaut.

Le jeune prodige ne fit qu'effleurer les touches pour jouer les premières notes.

When you're weary
Feeling small
When tears are in your eyes
I'll dry them all

Il laissa traîner le « all » en faisant preuve d'une maîtrise inouïe. Dès le premier couplet, il arracha un sanglot à l'adolescente. Dans le suivant, il laissa chaque syllabe du dernier vers magnifiquement suspendu avant d'exécuter un court solo au piano et de se lancer dans le final, piégeux, tout en variations. À cet instant, Titouan se retourna en direction des coulisses comme s'il cherchait à s'ancrer au regard de Lina. Mais elle ne se trouvait pas dans son champ de vision direct. Il n'en fut pas troublé, et reprit :

Oh, if you need a friend
I'm sailing right behind
Like a bridge over troubled water
I will ease your mind

Sur le dernier vers, Titouan tint le « mind » en toute perfection, par une sorte de grâce apollinienne, la tête légèrement penchée en arrière, ce qui permit à la réalisation d'offrir un plan étonnant du visage du jeune homme qui paraissait en transe, les yeux quasi révulsés, et la peau rendue scintillante par le projecteur qui se situait dans l'axe de la caméra.

Puis sa voix s'éteignit alors que trois notes de piano remplacèrent les dernières mesures à la batterie et à la guitare de l'original. La prestation avait duré quatre minutes. Pourtant, il semblait à beaucoup que le temps s'était tout simplement suspendu.

— C'est un ange, ce gars-là, murmura Raphaël, en tapotant le bout de son majeur tout autour de ses yeux. Si vous faites des enfants, mettez-en moi un ou deux de côté…

Lina n'était pas en mesure d'apporter le moindre commentaire. Titouan avait offert ici la meilleure prestation de sa jeune existence avec un titre plein de maturité. Il lui avait offert sa performance en direct, par ce regard en coulisses non abouti. Tandis qu'il saluait et que Salin haranguait les spectateurs au sujet du vote, Lina pouvait balayer ses derniers doutes : ils s'aimaient.

La coupure publicité leur permit de s'offrir une pause dans l'intimité de leur loge. Julie et Jade félicitèrent Titouan comme il se doit, mais rien ne lui fit plus plaisir que le silence ému de Lina.

La seconde partie de l'émission, consacrée aux duos avec les artistes invités, permit de faire descendre l'émotion. Il restait tout de même leur prestation la plus attendue, leur duo avec leur coach, qui allait avoir lieu après la troisième coupure.

Jade et Titouan ouvrirent la conclusion de Vibrato avec le titre pop écrit pour l'occasion par les TrustIn, qui étaient en top des classements sur les sites de streaming. Ce fut un joli numéro, plein de complicité.

Puis l'équipe de production vint trouver Louis et Lina qui se trouvaient ensemble, en coulisses. Ils entreraient en scène dans quatre-vingt-dix secondes. Lina ne se sentait pas bien.

— Ça va aller, ma Melody... la rassura son mentor, qui s'était aperçu de son trouble. Tu vas être parfaite, comme d'habitude... Je te demande simplement de veiller sur moi...

Ils entrèrent sous les feux des projecteurs. L'adolescente en fut violemment aveuglée.

Les deux artistes se placèrent devant leurs micros sur pied, au centre de la scène.

Louis avait décidé, pendant la dernière coupure, qu'il chanterait debout, près de Melody, et qu'il ne se cacherait pas derrière un piano. Nul besoin de réorchestrer quoi que ce soit. Ces notes ne servaient à rien. Seules comptaient la batterie et les basses.

Elle n'avait jamais eu autant le trac. Elle tremblait. Elle n'entendait plus rien, c'était comme si on venait de bourrer ses oreilles avec de la ouate. Son ventre la brûlait. Elle pensa aux conseils de Giotta et tenta de trouver Samia, dans le public. Elle y parvint et lui sourit. Cela ne changea rien à son état.

L'émotion la submergeait. Celle de ces derniers mois, de tous les épisodes vécus, de son amour pour Titouan, à égalité à présent avec celui qu'elle portait à la musique, de ce *Bridge over Troubled Water* qui l'avait transportée sur des rives inconnues jusqu'à présent...

Mais elle pensait que cette émotion paralysante était surtout la conséquence d'une pensée qui lui apparaissait comme certaine et qui lui était parfaitement insupportable à cet instant.

Ce serait son dernier duo avec Louis Raphaël. Elle en avait la conviction, la certitude absolue. Mais elle ne devait plus y penser… Se concentrer… Et faire en sorte que l'émotion ne lui revienne pas…

— *Mes amours exsangues* !

Salin s'éclipsa à toute vitesse tandis que le groupe, Steve en tête, lança l'introduction. Lina ne pouvait qu'assumer sa place. Que…

CHANTER !

Moi le vieux troubadour
Retiré des affaires
Exsangues sont mes amours
Tels de vieux suaires

Elle le fit merveilleusement, et puisque Louis dodelinait doucement de la tête, elle l'accompagna dans son mouvement. La voix du chanteur n'avait jamais été aussi douce. Le public s'était tu, assommé par l'osmose qui venait de se composer entre les deux artistes. Mais le chauffeur de salle leur demanda de rythmer la performance en claquant des mains. On était au milieu de la chanson. Louis regarda sa Melody, puis il tourna vivement la tête pour fixer la caméra, de face.

Le temps tangue, les heures s'effacent
Fini pour moi, la vie me lasse

Le réalisateur le suivit. C'était à Lina d'enchaîner son couplet.

Elle laissa passer les cinq mesures et puis ce fut… le vide.

Le dernier mot prononcé par Louis, ce « cruauté », avait fait ressortir tant de choses en elle. Les dernières semaines passèrent en accéléré dans son esprit déjà troublé. Elle n'avait jamais été cruelle avec lui, contrairement au reste du monde. Et pourtant ce fut comme s'il lui jetait ce mot à la gueule, comme si elle était responsable. Elle devait marquer la distance, mais elle n'en avait pas encore la maturité. Ce film flou mais fort l'acheva. Louis, qui avait saisi son trouble, et qui s'en voulait comme jamais, lui lança un regard où il inscrivit toute sa tendresse, pour adoucir le mot. Qu'elle laisse passer cinq autres mesures, et puis elle pourrait reprendre… Quel artiste n'avait jamais raté une reprise…

Mais Lina fit un pas en arrière. Puis un autre.

Raphaël sut alors qu'elle ne terminerait pas.

Les musiciens de l'orchestre échangèrent des regards surpris. Ils continuaient à jouer les notes envoûtantes, mais il manquait une voix.

Steve fixait Louis qui se tourna vers lui.

— Arrêtez ! hurla le chanteur dans son micro.

Il le fit d'une telle force que cela satura et qu'il y eut un puissant larsen dans le studio. Les musiciens stoppèrent immédiatement. Raphaël voulut prendre la main de Lina mais elle était en train de disparaître derrière la grande enseigne lumineuse de Vibrato.

Laurent Salin arriva sur scène de sa démarche féline, prêt à commenter la scène.

Le coach l'en empêcha.

— Tais-toi, toi ! Ta gueule !

Il ne parlait plus, il rugissait :

— S'en prendre à moi, je l'ai accepté toute ma vie. J'essayais simplement de ne pas y penser. Mais Melody est encore jeune. Il lui manque une carapace. Peu importe si elle est faite d'alcool ou d'une autre matière, ce que je lui souhaite… Elle doit être solide, et avec le moins d'effets secondaires. Elle le comprendra bien vite pour en avoir éprouvé la morsure. Votre morsure !

Titouan s'était approché de la scène, ainsi que Jade. Julie en avait une furieuse envie. Louis Raphaël continua, après un bref reniflement. La main qui tenait le micro tremblait follement.

— Parce qu'on a le droit, dans votre bonne société, de détruire un homme, mais c'est au-dessus de vos moyens de détruire un artiste !

Il baissa les yeux, plus par fatigue que par résignation.

— Je n'ai même plus la force de vous haïr, ni même de vous mépriser.

Alors, le chanteur laissa tomber son micro par terre. Tout le studio en trembla.

Puis Louis Raphaël tira sa révérence. Il quitta le plateau dans un silence de tombeau.

PISTE 16

L'anamour

(version studio)

Passée la stupeur, il n'y eut pas la moindre once de résignation.

— Restez avec nous ! lança Salin. Le temps de reprendre nos esprits, ici, sur le plateau de Vibrato, et vos esprits, chez vous, à la maison, et nous serons vite de retour avec le résultats des votes !

Isabelle Pélissier, en régie, avait décidé d'envoyer la coupure publicitaire sans attendre. Sur le conducteur, il était écrit de demander à Louis de rester en place, sur la scène, pour l'hommage que devait lui rendre Orelsan. Mais ce dernier avait assisté aux derniers instants de l'émission, dans sa loge, et se doutait bien que sa participation ne se ferait plus dans les mêmes circonstances. Et donc ne se ferait plus.

La productrice sortit de la régie et se précipita dans le couloir des loges. Devant celle de Raphaël, elle retrouva Salin qui toquait comme un damné sur la porte, ainsi que Jade, plus en retrait. Elle finit par s'ouvrir. Le docteur Giotta sortit, la tête basse.

— Louis m'a chargé de vous dire qu'il ne reviendra pas.

— Je peux lui parler ? demanda Salin.

Son fond de teint coulait atrocement à l'arrière de ses joues, formant des magmas brunâtres.

— Il est déjà parti, informa Giotta.

Pélissier poussa un cri.

— Parti ? Mais parti où ?

L'ami du chanteur haussa les épaules et partit le long du couloir, d'un pas lent.

— Il faut le chercher ! Le retrouver ! ordonna Jade, qui intervenait là pour la première fois. J'ai peur de ce qui peut lui arriver !

Que venait-il donc bien de se passer en direct, devant douze, treize millions de spectateurs ? Venait-on d'assister à un de ces grands moments de télévision que l'on passerait et repasserait tous les ans dans ces émissions qui aiment à se regarder le nombril ?

— Putain, on fait quoi ? demanda l'animateur, apeuré.

— Cette question ! On continue. Je vais aller voir Orelsan, il doit se douter que tout est fichu. On a bien un sujet en réserve, non ? Une sorte de best-of des duos depuis l'été par exemple ? Après la pub, tu reviens à l'antenne pour annoncer la clôture des votes. J'irai aussi voir maître Roth pour le prévenir. On balance le sujet et puis le résultat. Je crois qu'on va annuler l'émission d'after, depuis les coulisses. Je vais prévenir la chaîne.

Elle s'en alla aussitôt. Heureusement qu'Isabelle était là et se comportait comme l'animal à sang froid qu'elle avait toujours été. Car Salin n'en menait pas large. Il avait vécu l'abandon de Lina et le coup de sang de Raphaël à quelques mètres seulement, pris à partie par la détresse de l'une et la colère de l'autre.

Et, d'ailleurs, où se trouvaient donc Lina et Titouan ? Il devait prévenir les deux pièces maîtresses de l'émission. Il tenta la loge de Lina mais il la trouva vide. Julie attendait devant celle de son fils. Elle frappait à la porte, sans obtenir de réponse.

— Ils sont à l'intérieur ? demanda l'animateur.

— Oui, évidemment ! cracha-t-elle. Bravo pour tout à l'heure… Vous qui désiriez du spectacle à tout prix…

— Ça veut dire quoi, ça ?

Salin entendit la voix d'Isabelle dans son oreillette. L'antenne reprenait dans soixante secondes. Autant dire à peine le temps qu'il lui fallait pour rejoindre la scène depuis les loges.

— On va annoncer les résultats, lâcha l'animateur, en commençant son sprint. Dites à Titouan et Lina que nous les attendons sur scène…

La situation prenait tout de même un tournant légèrement catastrophique, non ?

Sur le plateau, le chauffeur de salle, que le début d'une guerre nucléaire aurait tout autant concerné que ce qui venait de se passer, demanda au public de saluer la prise d'antenne de Salin par de puissants applaudissements.

— Je veux des cris ! Des acclamations !

Les spectateurs s'y plièrent, le cœur gros. Salin était revenu sur scène sans le bout de tissu qui émergeait de la poche avant de son costume. Il s'en était servi pour essuyer ce maudit fond de teint.

— Plus que quelques minutes seulement pour départager Lina et Titouan, cher public ! Nos deux candidats seront bientôt de retour sur scène, avec leurs coachs (*pieux mensonge*) ! Qui sera le ou la gagnante de cette dixième édition de Vibrato ? Retour sur les meilleurs duos de cette saison avant d'accueillir sur scène maître Roth, notre huissier de justice, et sa fameuse enveloppe blanche…

L'orchestre joua quelques notes tandis que les projecteurs basculèrent pour créer un saisissant effet lumineux. Et Salin se dit, à cet instant précis, qu'il n'avait jamais connu un aussi fort contraste, en plus de vingt-cinq ans de télévision, entre ce qu'on pouvait vivre sur ce plateau et ce qu'il souhaitait faire apparaître à l'écran. La télévision est un mensonge permanent, mais là, cela confinait au sublime.

— Le sujet dure quatre minutes et trente secondes, souffla Isabelle. Tu penses pouvoir revenir sur le plateau avec Lina et Titouan ? Roth est au jus, il a entériné la comptabilisation des voix.

Salin était en train de courir en direction des loges, sprintant dans le grand escalier de fer qui y menait. Il s'arrêta net sur l'arête d'une marche, en équilibre précaire.

« Et donc ? pensa-t-il. Elle va bien m'annoncer le nom du vainqueur, cette garce ? »

Mais rien ne vint. Il n'allait pas utiliser son micro pour lui parler, ne sachant pas si le technicien du son avait bien coupé le retour plateau. Après toutes ces émotions, personne n'était à l'abri d'une erreur.

L'animateur émergea dans le hall, le souffle coupé. Il vit Julie au coin du couloir. Puis Titouan et Lina émergèrent enfin.

— Ah, mes enfants ! souffla-t-il. Ça y est, nous connaissons les résultats ! Venez, venez…

Julie resta en arrière. Les deux candidats se tenaient par la main et n'avaient pas l'intention de la lâcher devant les caméras. Qu'est-ce que cela faisait, à présent ?

PISTE 16

— Ne t'inquiète pas, chuchota Titouan à l'oreille de Lina. Tout va bien se passer. Dans une heure à peine, nous serons loin…

Mais Lina était inquiète pour Louis. Elle avait eu une petite discussion avec le docteur Giotta, peu avant son départ, et son mentor avait confié à son ami qu'il allait lui aussi partir loin, pour ne jamais plus revenir…

Les minutes suivantes, Lina les vécut dans un grand vacarme qui l'étourdit physiquement. Le public s'était remis à applaudir, à hurler, dès qu'ils virent l'huissier arriver sur la scène.

Jade les avait rejoints. Elle ne souriait pas, son visage marquait une vive inquiétude, ce qui était rare chez elle.

— Dans cette enveloppe figure le nom que nous attendons tous, que vous attendez tous depuis plus d'un mois… Depuis le début de cette aventure…

Des projecteurs se mirent à clignoter à l'arrière du plateau, comme pour simuler un compte à rebours. Laurent Salin, le cœur battant, décacheta l'enveloppe avec maladresse, arrachant toute une bande de papier. Un autre soir, il en aurait été statufié de honte. Là, ça ne lui causa aucun désagrément.

— Et le vainqueur de la dixième saison de Vibrato est…

Steve avait quitté sa batterie, il n'y eut pas de roulement de tambour. En lieu et place, la régie diffusa la version longue du jingle de l'émission.

Salin hurla :

— Titouan !

Les calicots à la gloire du candidat se mirent à fleurir haut dans le public. On acclama le jeune Breton, on hurla son nom, les poings levés. Sur la scène, une pluie de confettis dorés s'abattit sur les présents. Le chauffeur de salle tomba sur son petit siège en tissu, comme terrassé.

— Titouan remporte la dixième saison de Vibrato avec cinquante-trois pour cent des voix !

Le vainqueur se contenta de hocher la tête et, puisqu'il fallait tout de même marquer sa satisfaction pour toutes celles et ceux qui l'avaient soutenu, il se pencha vers Lina et l'embrassa avec passion. Jade vint l'enlacer puis il reçut des mains de sa mentore le trophée de l'émission, ces sept lettres verticales, dorées à l'or fin, rutilantes sous l'éclat des lumières. Bientôt, elles s'éteindront et tout cela serait terminé. Lina lui sourit. Venait-elle bien de perdre ? Et lui de gagner ? Voilà déjà quelques jours que cela leur importait peu, au fond. Il en va de toutes ces compétitions, sportives et autres, où les supporters mettent bien plus de motivation et d'emphase que les concurrents eux-mêmes. Cela pousse souvent aux pires dérives. Vibrato n'avait pas échappé à la règle.

Salin demanda au vainqueur s'il avait un dernier mot à dire avant la fin de l'émission. Titouan s'empara du micro que l'animateur lui tendait :

— Merci ! Merci ! Mais, pour moi, il y a deux gagnants ce soir… Je partage ce trophée avec Lina !

Il sera plus fort encore la main de Lina dans la sienne.

— Mais aussi avec Jade et Louis !

Julie l'avait rejoint sur scène et se tenait à sa gauche, hésitant à prendre définitivement la place de Jade. Ce fut elle qui prit le micro des mains de son fils :

— Merci à toutes et tous ! dit-elle. Je suis heureuse pour Titouan et je suis de tout cœur avec Lina. Nous avons là deux grands artistes !

— Merci ! la coupa Salin.

Mais Julie, qui avait l'occasion ici de vivre – enfin – son heure de gloire, n'avait pas l'intention de s'arrêter :

— Et je voudrais profiter de cet instant pour dire à quel point nous avons tous été choqués par le climat épouvantable autour de l'émission… Tous ces ragots, ce ramassis d'ignobles nouvelles qui ont atteint au cœur Louis Raphaël, Lina, Titouan, Jade, moi et tous ceux qui aiment ce programme… Mais je connais les coupables ! Ceux qui ont semé le mal, et qui ont empêché la vérité d'éclater au grand jour !

Titouan lui arracha le micro.

— Arrête maman, lui chuchota-t-il à l'oreille. Ce n'est pas le moment. Il est temps de partir, tu ne crois pas ?

En régie, Isabelle demanda le lancement du générique de fin. Ce maudit Salin n'avait rien dit au sujet de la suite de l'émission qui avait été annulée. Ce n'était pas très fair-play pour les spectateurs.

— Au moins, nous sommes allés jusqu'au bout, lâcha la productrice, en arrachant son casque.

Elle le jeta sur la console qui se trouvait devant elle et tomba à son tour sur une chaise. Elle était vidée. Une hibernation durant les trois prochains mois, c'était ce qu'elle appelait de ses vœux, à cet instant.

On commençait déjà à faire sortir le public. Les techniciens allaient entamer le démontage. Personne ne s'attarda sur le plateau. Titouan avait abandonné son trophée sur le sol, au centre de la scène. Quand les lumières s'éteignirent toutes, il parut bien terne.

— On se change et on met les voiles, dit le gagnant à Lina, une fois de retour dans sa loge.

— Je veux voir Louis, riposta l'adolescente. On ne peut pas le laisser seul. Il faut le retrouver.

— Tu ne penses pas que son départ signe son envie de retrouver sa solitude, justement ?

— Non ! lança la chanteuse. Je veux le voir, lui parler... Une dernière fois... Pour le remercier...

Elle ne dit rien sur ce pressentiment qui avait agi sur elle comme un étau depuis le début de la soirée, celui qui, couplé au mot « cruauté » chanté par Louis, ne lui avait pas permis d'aller au bout de son dernier duo avec son mentor.

— Giotta pense qu'il a regagné sa gentilhommière, annonça-t-elle.

— Il serait parti avec un chauffeur de l'émission ? demanda Julie.

Jade et elle s'étaient jointes à la conversation, tout comme Salin. Ils étaient tous inquiets.

— Je vais demander à la responsable logistique, proposa l'animateur.

Il revint trois minutes plus tard.

— Négatif. S'il est parti, c'est par ses propres moyens. Et je doute que, dans son état, il ait pris le volant...

Un taxi, donc. Il lui suffisait d'en appeler un. Il y eut un conciliabule silencieux dans la loge. Seuls des regards furent échangés. Salin retourna voir la chargée de production et demanda un van ainsi qu'un chauffeur.

— Nous partons tout de suite pour la Normandie, décida-t-il.

À cette heure avancée de la soirée, ils mirent deux heures à rejoindre Cresseveuille. Salin, assis à l'avant, demanda plusieurs fois au chauffeur de monter jusqu'à cent cinquante sur l'autoroute. Jade et Julie se trouvaient au second rang et Titouan et Lina au dernier. La jeune fille se reposait sur l'épaule de son compagnon.

Le domaine de Louis Raphaël était plongé dans la pénombre. Ils ne distinguèrent aucune lueur aux multiples fenêtres.

— Il n'est pas là, constata l'animateur, qui n'avait même pas pris le temps de se changer.

— Si, souffla Lina.

Ce fut elle qui entra la première. La porte était déverrouillée. Elle connaissait les lieux mieux encore que la propre fille de Louis. Elle distingua une petite lueur réconfortante dans le grand salon, l'écran de la chaîne hi-fi du chanteur, sur laquelle il lui avait fait écouter des dizaines de disques. Lina se rendit dans la cuisine, Titouan la suivait plus fidèlement que son ombre, qui avait tendance à se déformer à cause de tous les objets entravant les fenêtres. Elle distingua un verre vide sur le bar, près d'une bouteille de cognac entamée.

Son instinct la mena au premier étage. La porte de la chambre du chanteur était entrouverte. Elle entra. Ça sentait la bile, une odeur amère, écœurante.

Louis était allongé sur son lit, son bras droit tombant dans le vide. Il portait toujours son smoking, à la différence près que son nœud papillon était impeccablement noué.

Elle crut, pendant une fraction de seconde, qu'il était mort. Elle s'approcha, et découvrit son visage, s'attendant à voir un trou rouge au côté droit. Il n'y avait aucune arme tombée sur la moquette de la grande chambre.

Mais Louis râlait.

Jade s'approcha de lui. Il était en sueur, il avait vomi. Son bras gauche était replié le long de son corps, raidi.

— C'est un infarctus ! Louis fait une crise cardiaque !

Il respirait avec difficulté. Et, entre une inspiration et une expiration, durant un bref instant de silence, on entendit les battements anarchiques de son cœur emplir l'espace tout entier.

— Il faut appeler les secours ! cria Jade. Maintenant !

Salin dégaina son téléphone et composa le 15. Il décrivit les symptômes, donna l'adresse. Lorsqu'il raccrocha, il dit :

— Pourvu que…

L'ambulance devait déjà être partie.

Julie se tenait devant le chanteur, elle avait littéralement poussé Jade sur le côté, sans le moindre ménagement.

— Louis ! Louis ! Tu m'entends ?

La mère de Titouan s'était penchée près de ce visage gris qui composait une expression de douleur digne d'un tableau chrétien de la Renaissance.

— Louis, il faut que je te parle, hoqueta Julie.

Titouan vint trouver sa mère et la réprimanda :

— Ce n'est pas le moment !

Elle se débattit vivement.

— Si, c'est le moment !

Elle hurlait. Sa respiration se fit de plus en plus saccadée, sa mâchoire était contractée à s'en fendre les mandibules, elle se mit à trembler.

— Il faut bien qu'il le sache, non ! Et vous aussi ! Vous aussi !

— Il faut la sortir, intervint Jade. Je vais attendre avec Louis… Descendez… Descendez…

Le chanteur eut un spasme au niveau de la poitrine et lâcha un râle pathétique.

Titouan ceintura sa mère et, aidé par Salin qui lui prit les jambes, il parvint à la faire sortir de la chambre. Elle semblait comme possédée. Ils se demandèrent comment lui faire descendre l'escalier. Mais Julie arrêta de gesticuler subitement.

— Ne me touchez pas, vous, Salin ! Surtout pas vous ! Bas les pattes !

Ils descendirent. Julie fit face au trois.

— Enfin, dit Salin, il faut que nous gardions tous notre calme… Les secours vont bientôt arriver… Bon Dieu, Lina, nous te devons une fière chandelle… C'est toi qui as insisté pour venir ici… Sans toi…

Julie ouvrit le sac en cuir qu'elle tenait en bandoulière. Lorsqu'elle en ressortit sa main, elle tenait un revolver. Elle braqua le canon en direction du producteur.

— Maman ! hurla Titouan.

Lina avança vers Julie et se fit aussitôt menacer par le revolver. L'adolescente recula.

— Ne vous mêlez pas de ça, vous, menaça-t-elle. C'est entre Salin et moi, maintenant. Entre cet enfant de putain et moi ! C'est lui, le responsable ! Si Louis meurt, c'est à cause de lui !

L'animateur hésitait. Il pouvait tenter de bondir pour la désarmer. C'était faisable, quoique dangereux. Ou bien il était en mesure de tenter un bond en arrière, pour se jeter à terre, derrière le large sofa.

— Julie, je ne suis pour rien dans tout ça, je vous l'assure, jure-t-il.

— Encore un mot et je tire !

Elle ahanait, au comble de sa fièvre. Salin fit naître dans son esprit l'impulsion nécessaire à son saut en arrière. Mais il ne la concrétisa pas. Il avait toujours été plus un homme de paroles que d'actions. Il dit :

— Je vous jure que…

Julie tira une première fois. La détonation les assourdit tous. Un éclat jaillit de l'arme, comme si l'on venait de gratter une allumette géante.

La balle s'était fichée dans le couvercle du piano à queue. Julie avait raté sa cible de trois mètres.

— La prochaine, je viserai le cœur, dit-elle.

Le producteur resta muet mais Titouan fit un pas vers elle. Elle appuya sur la détente une seconde fois. La balle atteignit l'épaule droite de Salin. Tirée à cette distance, elle la lui déchiqueta. Il y eut des éclats de sang et d'os qui jaillirent en même temps que l'homme glissait à terre.

Il hurla de douleur. Lina et Titouan ne respiraient plus. Étaient-ils bien dans le manoir de Louis Raphaël ou bien dans un univers parallèle dont ils allaient bientôt émerger, pour leur plus grande satisfaction ?

— Mais… vous… êtes… malade ! hoqueta Salin.

Il tenait ce qui lui restait à droite de son cou.

— Je veux t'entendre dire la vérité ! cracha Julie. Je ne te laisserai pas tranquille sans que tu avoues tout !

PISTE 16

L'animateur trouva la force de se relever. Il trouva un appui sur la table basse. Une fois accroupi, il s'empara d'un cendrier en cristal qui se trouvait là et le lança sur Julie. Elle le reçut en pleine poitrine et tomba à la renverse.

Salin claudiqua jusqu'à la cuisine. Il avisa une porte qui donnait sur l'extérieur. Il devait fuir. Ne plus être à portée de cette tarée !

Derrière, il l'entendit déjà se relever.

Salin poussa la porte. L'air frais lui piqua le visage. Sa blessure dégoulinait de sang.

Il se mit à courir.

PISTE 17

Docteur Jekyll et monsieur Hyde

(instrumental)

J'entends, au loin, la voix de Titouan. Il crie « Maman ! » puis je reconnais celle de Lina. Elles se rapprochent. Je ne serai bientôt plus seul face à elle.

Julie.

J'ai presque envie de m'en réjouir. Mes deux candidats sont en nage, à bout de souffle. Mais ils sont parvenus à nous retrouver, mon bourreau et moi.

Titouan implore : « Maman ! Tu ne vas pas le tuer ! Lâche cette arme ! Mais qu'est-ce qui t'arrive, enfin ! Maman ! »

Il est bouleversé à un tel point qu'il tombe à genoux et éclate en pleurs. Lui qui était toujours si sûr de lui. Mais cette assurance ne venait-elle pas, justement, de sa mère ? Lina reste stoïque. Elle semble déterminée comme jamais. Sa crise est passée. Est-ce que tout cela serait arrivée si Lina avait chanté *Mes amours exsangues* jusqu'au bout, sans flancher ?

Ma question peut paraître cruelle. Je m'en fous.

Julie n'a pas un geste tendre pour son fils. Elle lance : « Maintenant que les gamins sont là, tu as suffisamment de public, non ? Tu peux commencer… »

Pourquoi ma conscience me dicte, à cet instant précis, d'enfin tout dire ? Pour me soulager ? Pour partager ce que j'ai gardé en moi, en secret, durant ces longues semaines ?

Ou bien, plutôt, est-ce à cause de cette injonction forte, et désintéressée, surtout, que je lis dans les yeux de Lina ?

Je lui dois bien. Je leur dois à tous, je m'en rends bien compte.

Alors les digues lâchent, je cède. Et je parle. Lentement, avec une économie de mots qui ne m'est pas habituelle. Mais la douleur devient de plus en plus vive, quasi insoutenable. Il me faut en finir. Parler, avouer, c'est aussi, peut-être, me donner une chance de survivre.

« Oui, j'ai truqué le vote du public afin que Louis soit le coach de Lina, puisqu'il s'agissait pour lui d'une condition *sine qua non* pour signer… Oui, je suis à l'origine de la diffusion des deux clichés. Je savais que la venue de Louis, mon coup de maître, allait doper les audiences… Mais il m'en faut toujours plus… J'avais devant moi l'occasion de signer encore deux ou trois saisons de Vibrato, avec la chaîne… Et puis celui de devenir le maître du jeu, non plus seulement sur la scène, mais aussi dans les coulisses… Je n'ai pas fait tout ça pour briller encore plus mais aussi pour vous faire étinceler, vous tous, dans Vibrato. Le cliché de l'accident, j'en avais eu vent il y a longtemps par un ami producteur qui avait bien connu le manager de Louis, à l'époque… J'ai reconstitué la piste. Et puisque je ne voulais pas y aller moi, question de discrétion, j'ai envoyé Alexandre, un assistant de production qui accompagnait Isabelle à un casting, je ne sais plus où. Je sais, Lina et Titouan, que vous avez reconstitué une partie du fil à votre tour. Mais je le jure… Isabelle ignorait tout de la mission d'Alexandre. J'ai ensuite envoyé la photo au journal, Sixtine est une vieille connaissance… L'enveloppe kraft, anonyme, c'est du bidon. Elle était parfaitement au courant, elle a joué le jeu pour le business, elle aussi, comme tous les autres… Pour la seconde photo, ça a été finalement plus simple… Chaque candidat confie à la production des archives qui nous permettent ensuite de faire des montages vidéo durant toute la durée de la compétition. J'avais une photo de toi, Lina, et ils ont fait le montage directement au journal… Je pourrais te dire que je suis désolé mais voilà… »

Je ne lis pas seulement du mécontentement et de la déception sur le visage de mes deux candidats, mais bien du dégoût. Et je ne peux leur donner tout à fait tort.

Titouan s'est relevé. Il a rejoint Lina, ils se tiennent à nouveau par la main. Il est presque possible de sentir cette énergie qu'ils se communiquent l'un à l'autre. Je les envierais presque.

Lina me demande si je suis derrière le cambriolage chez Giotta. Je lui dis que non. C'est la vérité. La machine s'est emballée toute seule. Je ne sais pas qui a eu l'ignominie de commettre une telle saloperie. Je n'aurais jamais touché à la santé de Louis. À ses mœurs, seulement, puisque je le savais s'en foutre royalement, au fond. Heureusement que cette saison de Vibrato a pris fin ce soir. Sinon, où tout cela aurait-il bien pu nous emmener… Je le répète : ces petits mensonges, tout le monde en a profité… Je n'ai pas joué les Pandore pour moi seul.

Ma confession, loin de calmer Julie, ravive sa haine contre moi. C'est à son tour de tout révéler, de dévoiler le plan adverse que je lui ai empêché de dérouler…

« Tu as sapé le moment que j'espérais depuis dix-huit ans… Organiser les retrouvailles entre un fils et son père… Entre Titouan et Louis… »

Elle s'arrête, elle déglutit, elle se tourne vers le gamin.

« J'aurais aimé te l'apprendre à la fin de l'émission, après ta victoire, ou celle de Lina, peu importe… Organiser une rencontre entre vous… Quelle belle histoire… J'aurais aimé qu'il soit ton coach, que vous vous retrouviez au quotidien, autour de la musique… Apprendre à vous connaître en douceur, sans le poids de cette révélation… Comprendre, par la musique, que vous aviez jusqu'aux gènes en commun… Mais Salin a tout fait rater. Pardon, mon chéri, pardon… »

Je me doutais bien que sa haine envers moi ne pouvait pas être simplement celle d'une fan, même enragée. J'avais contrarié ses plans. C'était un Machiavel contre un autre.

« Je voulais le dire ce soir, en direct, mais tu m'as arraché le micro des mains, Titouan. Et là-haut, tout à l'heure, dans la chambre… Mais vous m'en avez empêchée… »

Pourquoi toujours attendre les dénouements pour parler ? Lorsqu'il est trop tard ? Pourquoi la vie des grands génies créatifs ressemble presque toujours à une intrigue de roman ? Quelques instants des dernières semaines repassent dans mon esprit à l'aune de cette ultime révélation… Et bon nombre des attitudes de chacun s'expliquent alors…

Julie baisse la garde. Une chance pour moi ?

Mais je me sens si faible. Je suis à terre, je ne peux plus me lever, plus bouger.

PISTE 17

Je vois Titouan tituber. Mais peut-on réellement croire cette femme ? Il va la voir, il l'entraîne au loin, ils se disputent, je parviens encore à les voir, deux masses aux couleurs ternes sous la lune. Lina reste à mi-chemin. Droite. Forte. Que se disent-ils ? Ce n'est pas le moment rêvé pour une longue explication, de celles qui vous font revoir votre passé différemment et changent votre futur. Titouan, fils naturel de Louis. En les voyant côte à côte, ce n'est pas flagrant. Quoique… Une passion, un don, une vocation est-elle héréditaire ? Se dispense-t-elle par les gènes ? Non, ou bien seulement les dispositions intellectuelles nécessaires pour, éventuellement, s'y lancer. Mais mon esprit commence à divaguer, je ne dois pas m'éloigner de l'indispensable : me sauver. Qu'on me conduise à l'hôpital, et puis c'est tout.

Julie revient et me menace :

« Tu vas tout révéler, tout dire à la presse, payer pour réparer. »

Lina acquiesce. Ce serait bien la moindre des choses.

« Et t'excuser auprès de Louis, auprès de nous tous ».

Ma ligne blanche.

« Si c'était à refaire, je dis, je le referais sans hésiter. »

Ma phrase de trop.

« Putain de pervers narcissique, lance Julie, comme en écho. Tu as peut-être tué Louis ! Tu es venu le trouver en lui proposant de renaître et tu as fait tout l'inverse… »

Elle lève le bras. Le revolver est à trente centimètres de moi, pointé au centre de mon front. La sueur qui coule dans mes yeux m'empêche de voir si elle s'apprête à presser la détente. Tout semble se liquéfier autour de moi.

VIBRATO

Lina crie. Elle se projette et renverse Julie qui tombe et roule pendant quelques secondes.

Le revolver tombe dans l'herbe humide. Titouan se jette pour le ramasser.

Je suis sauvé. C'est à cet instant précis que je sombre dans l'inconscience.

♫

PISTE 18

Je suis venu te dire que je m'en vais

Titouan porta le corps inconscient de Salin jusqu'à la petite route qui coupait les deux champs en deux. Lina avait appelé les secours, en donnant les coordonnées exactes de l'endroit. Une seconde ambulance était en route. Dix minutes plus tard, on emmenait le célèbre producteur en direction des urgences du centre hospitalier de Cabourg. Puisqu'il s'agissait d'une blessure par balle, les gendarmes seraient prévenus.

Julie se contenta de hausser les épaules. Qu'on la jette en prison maintenant que les vérités étaient connues…

Ils rentrèrent au manoir à travers champs. Titouan exprima vertement sa colère auprès de sa mère. Elle connaissait donc l'identité de son père ? Louis Raphaël ? Mais était-ce seulement vrai et non pas un autre de ses délires ? Devait-il la croire ? *Pouvait*-il la croire ?

Lina se rappela la confidence du chanteur à propos de sa liaison avec Julie. Les dates pourraient correspondre avec la naissance de Titouan. Cela rendrait l'ahurissant possible. Mais quoi d'autre ?

— C'est vrai ce que tu as dit à Salin ? Tu voulais utiliser Vibrato pour qu'il me reconnaisse ? Tu voulais le mettre devant le fait accompli ?

— Ce type est un monstre, se borna à répondre Julie.

Elle se refusa à préciser de qui elle parlait.

Il était près de 3 heures du matin lorsqu'ils arrivèrent, gelés, au manoir, avec l'impression de marcher dans des chaussures constituées de glace. Ils montèrent aussitôt au premier étage.

Dans le couloir, l'équipe médicale, toute de blanc vêtue, remballait ses appareils. Ils avaient tous un air morne.

Jade sortit de la chambre à pas feutrés. Lina s'attendit à ce qu'elle dise : « Il dort ».

— Il est parti… bafouilla Jade.

Elle se jeta dans les bras de Titouan, qui l'accueillit sans comprendre encore.

Ils entrèrent alors dans la chambre. Sur le lit, Louis Raphaël gisait. Son visage avait étrangement regagné quelques couleurs. Il semblait enfin apaisé.

Lina ne souhaitait pas cette fin, alors elle fit tout pour ne pas y croire. Un artiste comme lui, cela ne mourait jamais vraiment, n'est-ce pas ?

Titouan s'approcha. Julie resta en arrière, retenue par une sorte de pudeur instinctive.

Était-ce donc lui son père ? Il était trop tard.

Devant eux était étendu un corps qui venait de lâcher, fatigué comme aucun autre par de lointaines années d'excès et un mois de souffrance. L'esprit sain était resté encore vivace, jusqu'au bout. Pour animer ce corps et cet esprit, il y avait eu avant cette vie qui ne tenait chez Louis Raphaël qu'à un unique fil, plus robuste qu'aucun autre, celui de la création.

À l'intérieur, le cancer avait terminé ses ravages. La maladie allait mourir avec son hôte, bien fait pour elle. Elle laissait sur son passage des poumons nécrosés, un foie cirrhotique, un pancréas métastasé.

Elle avait eu la décence d'épargner son cerveau et sa voix. Mais il y a des lieux où une maladie, même intrépide, tenace et sans scrupule, n'ose s'aventurer. De peur de rencontrer plus forte qu'elle.

Lina et Titouan entourèrent la dépouille, chacun d'un côté du lit.

Ils placèrent leurs paumes sur les joues de leur presque père. Cela les réchauffa.

Lina, la fille, et Titouan, le fils, ne pourraient plus jamais chanter avec lui.

Exercer leurs vibratos.

À l'unisson.

♫

PISTE 19

Le cadavre exquis

(remerciements – crédits)

— Monsieur Raphaël... Louis... J'ai envie de vous poser une question un peu particulière... Je suis certain qu'elle va vous énerver mais je me lance...

— Lance-toi, mon petit gars...

— Monsieur Raphaël, que faites-vous pour votre postérité ?

— ...

— Louis ?

— Et qu'est-ce que la postérité, elle, a fait pour moi ?

C’est une histoire de dingue
Une histoire bête à pleurer
Ma raison vacille et tangue,
Elle est prête à chavirer
Sous les coups de boomerangs,
Des flashbacks enchaînés.

Serge Gainsbourg,
Comme un boomerang, 1975

Œuvres citées dans le roman

- Bach
  Les Variations Goldberg, 1741
- Barbara
  L'Aigle noir, 1970
- The Beatles
  Here Comes the Sun, 1969
- Jacques Brel
  Ces gens-là, 1965
- Serge Gainsbourg
  Aux armes et cætera, 1979
  Ce grand méchant vous, 1962
  Comic Strip, 1967
  Comme un boomerang, 1975
  Dépression au-dessus du jardin, 1985
  Docteur Jekyll et Monsieur Hyde, 1968
  Ecce Homo, 1981
  Hier ou demain, 1967
  Je suis venu te dire que je m'en vais, 1973
  L'anamour, 1969
  L'aquoiboniste, 1978
  La Javanaise, 1963
  Le cadavre exquis, 1975
  Plus dur sera le chut, 1968
  Qui est « in », qui est « out », 1966
  Requiem pour un con, 1968
  Sous le soleil exactement, 1967
  Valse de Melody, 1971
- Gene Kelly
  Singing in the rain, 1952
- Mozart
  La Flûte enchantée, 1791
- Queen
  Bohemian Rhapsody, 1975
- Queen et David Bowie
  Under pressure, 1982
- Renaud
  Dès que le vent soufflera, 1983
- Rihanna
  Diamonds, 2012
- Simon and Garfunkel
  Bridge Over Troubled Water, 1970

BERTRAND
PUARD

Passionné de littérature, Bertrand Puard a été lecteur dans une maison d'édition avant de se lancer dans l'écriture. Depuis, il a écrit plus d'une soixantaine de romans pour la jeunesse et les adultes dans des genres très variés ainsi que plusieurs podcasts notamment pour France Culture. Il est par ailleurs lauréat du prix du Roman d'Aventures et du prix Polar de Cognac en catégorie adulte et jeunesse. Il participe également à de nombreux projets de scénarios dans l'univers des séries télé, des jeux vidéo et de la bande dessinée.

Pour contacter l'auteur :
bertrandpuard.auteur@gmail.com

TABLE DES MATIÈRES

ÉCHOS

Christine FÉRET-FLEURY • *Les Maux bleus*
Maxime FONTAINE • *Mes vies à l'envers*
Lorris MURAIL • *Chaque chose en son temps*
Charlotte BOUSQUET • *À cœurs battants*
Carina ROZENFELD • *Je peux te voir*
Lisa CHOPALE • *Dis non Ninon !*
Anne LOYER • *La Fille sur le toit*
Mylène MOUTON • *Yiddish Tango*
Joanne RICHOUX • *Désaccordée*
Arthur TÉNOR • *Dead Lines*
Hubert BEN KEMOUN • *Dans ma Bulle*
Nadia COSTE • *Sueurs Froides*
Joanne RICHOUX • *Orageuse*
Delphine PESSIN • *e.Toile*
Taï-Marc LE THANH • *Apprivoiser la bête*
Anne LOYER • *Izzie Nobody*
Arnaud DRUELLE • *L'Enfant-Pan*
Yaël HASSAN et Matt7ieu RADENAC • *Haut nos cœurs*
Mathilde MARAS • *Villa Anima*
Nancy GUILBERT • *Et derrière nous, le silence*
Estelle FAYE et Fabien LEGERON • *Hollywood Monsters*
Pascaline NOLOT • *Sorcière des ombres*

Reproduit et achevé d'imprimer en mars 2023,
par Abedik, en Pologne,
pour le compte de Gulf stream éditeur,
31, rue Alfred-Riom, 44100 Nantes,
www.gulfstream.fr

Dépôt légal 1re édition : août 2023